Inhalt

So helfen Ihnen die Tabellen

Für diese Ausgabe wurden bei den ausgewählten Nahrungsmitteln und Getränken sowohl Kalorien- als auch Fettwerte aktualisiert.

Die Tabellen umfassen:

- alle Grundnahrungsmittel
- Diät-Produkte
- exotische Früchte und Gemüse
- neueste Produkte der Lebensmittelindustrie
- alkoholische und alkoholfreie Getränke

Die insgesamt über 8000 Kalorien- und Fettwerte sind in **zwei großen Tabellen** zusammengestellt:

- Nahrungsmittel und Getränke von A bis Z *(Seiten 21 bis 113)*
- Essen außer Haus *(Seiten 114 bis 127)*

Tipp:

Bleiben Sie bei einer Tabelle: In anderen Kalorien- und Fett-Tabellen, werden Sie vielleicht abweichende Werte finden. Das kann an unterschiedlichen Untersuchungsmethoden oder leicht abweichenden Rezepturen liegen. Kein Problem, denn groß sind die Unterschiede kaum. Aber Vorsicht: Nie mehrere Tabellen gleichzeitig benutzen und sich überall die niedrigsten Werte heraussuchen. Damit betrügen Sie sich selbst.

So finden Sie sich in den Tabellen zurecht

- Um Ihnen den Umgang mit den Tabellen zu erleichtern, sind alle Begriffe alphabetisch geordnet beziehungsweise in Sachgruppen eingeteilt. Die verschiede-

GU Kompass
Kalorien & Fette

Dickmachern auf der Spur

Ein Wort zuvor

Gesund und schlank bleiben!

Mit dem Kompass Kalorien & Fette *ist es kein Problem Kalorien zu sparen und schlank zu bleiben. Auf einen Blick erfahren Sie welche Lebensmittel »Kalorienbomben« sind und welche sehr viel Fett enthalten. Der* Kompass Kalorien & Fette *liefert mehr als 8000 Werte übersichtlich und schnell zur Hand. Ein Bestseller seit über 25 Jahren, den schon zweieinhalb Millionen Benutzer vor Ihnen zu schätzen gelernt haben.*

Klein, fein und viel Info!

Kalorienbewusstsein beginnt schon beim Einkauf. Also nehmen Sie den Kompass einfach mit, wenn Sie Lebensmittel einkaufen. Oder hätten Sie gewusst, dass zum Beispiel Sahnequark mehr als doppelt so viele Kalorien und einen fast 40-mal höheren Fettgehalt hat als Magerquark? Auch beim Kochen und Zubereiten von Gerichten lässt sich eine Menge Fett einsparen. Ein Beispiel: Der Esslöffel Öl für die Salatsauce hat mehr Kalorien als die ganze Schüssel Blattsalat. Deshalb lautet die Devise: Kalorien- und fettreiche Lebensmittel sofort erkennen, egal ob beim Einkaufen, im Restaurant oder zu Hause!

Aktuelle Ernährungstipps!

Wie viele Kalorien brauche ich am Tag? Was ist eine vernünftige, gesunde Ernährung? Die Antworten liefern Ihnen die einleitenden Kapitel. Dort finden Sie Ernährungstipps, die auf dem aktuellen Stand der Wissenschaft sind. Außerdem wurden die neuesten Richtwerte der DGE (Deutsche Gesellschaft für Ernährung) für die tägliche Energiezufuhr berücksichtigt.

nen Speiseeis-Sorten sind darum unter »E«, wie »Eis« aufgeführt.

- Falls Sie das eine oder andere Nahrungsmittel nicht finden, können Sie den Wert vergleichbarer Lebensmittel oder Gerichte einsetzen.

BEISPIEL BONBONS
Der Energiewert von Bonbons entspricht dem von Zucker. Rechnen Sie den Wert einfach auf die gewünschte Menge um.

- Ist der Kalorien- und Fettgehalt eines Nahrungsmittels nicht genau feststellbar oder gibt es mehrere ähnliche Produkte, sind Durchschnittswerte (i. D.) angegeben.
- Finden Sie innerhalb der Spalte »Fett (g)« keinen konkreten Wert, sondern ein *, so bedeutet dies, dass Fett in diesem Nahrungsmittel und bei der angegebenen Portionsgröße nur in Spuren vorhanden ist.
- Wenn es zwischen dem *Kompass Kalorien & Fette* und anderen Nährwerttabellen bei einigen Produkten zu leichten Zahlenschwankungen kommt, kann dies an der meist unterschiedlichen Herkunft der Nahrungsmittel oder bei Fertigprodukten an den individuellen Zutatenmengen der einzelnen Hersteller liegen.
- In der Tabelle sind nach wie vor Bezeichnungen für Lebensmittel enthalten, die in Österreich und der Schweiz gebräuchlich sind oder sich in den deutschen Landstrichen unterscheiden.
- Wenn nicht anders angegeben, beziehen sich die Werte bei Tiefkühl- und Fertiggerichten auf das nicht zubereitete Produkt.

HINWEIS:

! Wenn von Kalorien die Rede ist, sind selbstverständlich Kilokalorien (kcal) gemeint.

Mit diesen Mengen und Portionen können Sie rechnen

Für jedes Lebensmittel und jedes Getränk sind exakte Mengen ausgewiesen; nur so ist eine genaue Kalorienberechnung möglich.

Hinweis:

Sind keine Mengen angegeben, beziehen sich die Werte auf 100 Gramm essbaren Anteil des Lebensmittels. Das bedeutet bei Gemüse geputzt, bei Fleisch ohne Knochen, bei Fisch ohne Gräten.

- Zu zahlreichen Nahrungsmitteln und Getränken finden Sie fast immer die Einkaufsmenge, wie sie für einen normalen Haushalt üblich ist. Diese Menge bedeutet: Rohware mit Schalen, Strünken, Kernen, Knochen und Gräten.
- Um Ihnen umständliches Rechnen zu ersparen, sind bei Zutaten (zum Beispiel Öl, Fett, Soßen, Ketchup) und Marmeladen Angaben für Teelöffel und Esslöffel sowie bei verschiedenen Lebensmitteln (zum Beispiel Brot, Wurstwaren, Schokolade) Angaben für Scheibe oder Stück gemacht.
- Bei **Gemüse** sind neben 100 Gramm essbarem Anteil die Kalorien- und Fettwerte für 500 Gramm Einkauf angegeben.
- Bei **Obst** finden sich Werte für 100 Gramm essbaren Anteil, 500 Gramm Einkauf und das einzelne Stück mit Angabe des jeweiligen Durchschnittsgewichts.
- Beim **Fleisch** sind 100 Gramm essbarer Anteil genannt. Bei **Fisch** ist neben 100 Gramm essbaren Anteil eine Einkaufsmenge von 200 Gramm berechnet, weil dies einer Portion entspricht.
- Bei alkoholischen und nichtalkoholischen **Getränken** sind übliche Trinkmengen in Litern, Zentilitern oder

Millilitern angegeben. Der eine oder andere Cocktail oder Likör enthält auch Fett. Leider lagen hier keine genauen Werte vor, so dass Sie an den betreffenden Stellen in den Tabellen eine »0« vorfinden.

- Bei allen **Tiefkühlgerichten (TK)** mit der Packungsangabe »2 bis 3 Portionen« sind zwei Portionen berechnet worden, weil das realistischer ist. Häufig finden Sie auch die Grammangabe.
- Bei **Kuchenmehlen** und fertigen **Backmischungen (BM)** ist immer ein Stück des nach Anweisung zubereiteten Kuchens berechnet.
- Bei **Pudding-, Creme-, Götterspeisen** oder ähnlichen Produkten bezieht sich die Nährwertangabe auf den Packungsinhalt, geteilt durch die auf der Packung angegebene Anzahl der Portionen.

HINWEIS:
Eine Übersicht der gebräuchlichsten Maße und der verwendeten Abkürzungen finden Sie vorne auf der Innenseite des Buchumschlages.

WIE VIELE KALORIEN BRAUCHEN SIE TÄGLICH?

Jeder Mensch braucht Energie, um leben zu können. Diese Energie gewinnt unser Körper aus der Nahrung. Er wandelt sie in Wärme um, damit die Körpertemperatur ständig bei etwa 37° C liegt, oder in Elektrizität, damit das Nervensystem funktioniert. Die Energie aus der Nahrung ist auch Voraussetzung dafür, dass wir laufen, zupacken und atmen können. Die Umwandlung der Nahrung in Energie erfolgt im Körper durch einen Verbrennungsprozess, den man Stoffwechsel nennt.

Was ist eine Kalorie?

Wie viel Energie (Brennwert) in einem Nahrungsmittel steckt, kann gemessen und berechnet werden. Die Maßeinheit dafür ist die **Kilokalorie** (kcal) bzw. das **Kilojoule** (kJ). 1 kcal entspricht der Energiemenge, die nötig ist, um 1 Liter Wasser um 1° C zu erwärmen. Da meist mit Kalorien gerechnet wird, wurde in den Tabellen auf Jouleangaben verzichtet.

Die wichtigsten Energielieferanten

Die drei Grundnährstoffe **Kohlenhydrate, Eiweiß** (Protein) und **Fett** haben in unserem Körper unterschiedliche Funktionen. Werden sie im Stoffwechsel verbrannt, liefern sie unterschiedliche Mengen an Energie (Brennwerte). Die folgende Tabelle gibt Ihnen Auskunft, welche Funktionen die einzelnen Grundnährstoffe hauptsächlich im Körper erfüllen und wie viele Kalorien sie pro Gramm liefern.

	Wichtigste Funktionen im Körper	Brennwert pro Gramm
Kohlenhydrate	Energielieferant	4 kcal
Eiweiß (Proteine)	Grundbaustein für Zellen von Muskeln, Sehnen, Knorpeln, Hormonen und Enzymen	4 kcal
Fett	Energielieferant und -speicher; Körperbaustoff; Wärmeisolator; Träger fettlöslicher Vitamine	9 kcal

Warum machen zu viele Kalorien dick?

Der Körper kann überflüssige Energie nicht einfach wieder (wie zum Beispiel Wasser) ausscheiden. Essen wir also mehr als wir für Atmung, Kreislauftätigkeit, Muskelbewegung oder Zellbaustoffe benötigen, dann wandelt unser Körper diese überflüssigen Energien in Körperfett um. Diese Fettpölsterchen sind von der Natur als Energiespeicher für Notzeiten eingerichtet worden. Zu viele Kalorien machen auf diese Weise dick.

Hinweis:

Fett sinnvoll sparen lohnt! Entscheidend für die Entstehung von Übergewicht ist die Gesamtmenge der aufgenommenen Nahrungsenergie – also Kohlenhydrate, Eiweiß und Fett zusammen. Trotzdem sollte man vor allem darauf achten, nicht zu viel Fett zu essen, da sein Brennwert mit 9 kcal pro Gramm mehr als doppelt so hoch ist, wie der von Kohlenhydraten oder Eiweiß (4 kcal).

Vorsicht Alkohol: Zu viel Alkohol ist nicht nur ungesund, er ist auch verantwortlich für so manchen »Bierbauch«. Der Grund: Mit rund 7 kcal pro Gramm hat Alkohol mehr Energie als Kohlenhydrate oder Eiweiß.

Der tägliche Energiebedarf

Der tägliche Kalorien beziehungsweise Energiebedarf des Menschen setzt sich zusammen aus Grundumsatz, Arbeitsumsatz und der erhöhten Wärmeproduktion im Körper nach der Verdauung bestimmter Lebensmittel.

1. Der **Grundumsatz** ist die Energiemenge, mit der das Leben in Ruhestellung erhalten wird. Er ist abhängig von Alter, Geschlecht, Gewicht, Größe und dem An-

teil des Fettgewebes an der Körpermasse. Männer haben weniger Fettgewebe als Frauen und damit einen höheren Grundumsatz. Im Laufe des Lebens verringert sich der Grundumsatz, weil wir mit dem Alter auf ganz natürliche Weise das ein oder andere Gramm Fett zulegen. Alte Menschen haben darum einen geringeren Grundumsatz.

Beispiele für den Grundumsatz:

Frau,	19 Jahre alt, 58 kg schwer: 1460 kcal/Tag
Frau,	65 Jahre alt, 55 kg schwer: 1170 kcal/Tag
Mann,	19 Jahre alt, 67 kg schwer: 1820 kcal/Tag
Mann,	65 Jahre alt, 68 kg schwer: 1410 kcal/Tag

2. Der **Arbeitsumsatz** ist die Energiemenge, die der Körper für jede Form von Betätigung braucht. Wer im Beruf oder in der Freizeit körperlich aktiv wird, also seine Muskeln einsetzt, hat einen höheren Arbeitsumsatz, als jemand der tagsüber am Schreibtisch sitzt und es sich abends vor dem Fernseher gemütlich macht. Die Zusammenstellung auf Seite 13/14 zeigt Ihnen, wie viel zusätzliche Energie Sie für bestimmte Tätigkeiten aufbringen müssen.
3. Durch **erhöhte Wärmeproduktion** nach der Verdauung, geht dem Körper ein Teil der Nahrungsenergie verloren: Die aus der Nahrung gewonnene Energie muss im Körper transportiert und gespeichert werden. Dabei entsteht Wärme, also Energie, die der Körper nicht für den Stoffwechsel oder die Muskelarbeit verwenden kann. Dieser Verlust von Energie beträgt aber nur etwa 12 Prozent der Summe aus Grundumsatz und Arbeitsumsatz.

Alle drei Werte zusammen ergeben den persönlichen Gesamtenergiebedarf. Wie hoch dieser im Einzelfall ist, ist nicht nur von Alter, Geschlecht, Größe, Gewicht usw. abhängig, sondern vor allem auch von der körperlichen Aktivität (Arbeitsumsatz). Wie viel Energie sollte man also am Tag zu sich nehmen? Die Tabelle auf Seite 12 zeigt Ihnen grobe Richtwerte in Abhängigkeit der durchschnittlichen körperlichen Aktivität in verschiedenen Berufen.

HINWEIS:

! Diese Werte gelten für Personen mit einem normalen Gewicht (siehe BMI Seite 15). Bei Über- oder Untergewicht sollte man entsprechend weniger oder mehr Energie zu sich nehmen. Durch regelmäßiges Wiegen kann hier der tatsächliche, genaue Energiebedarf festgestellt werden.

RICHTWERTE FÜR DIE DURCHSCHNITTLICHE ENERGIEZUFUHR

Für männliche (m) und weibliche (w) Personen mit Normalgewicht und entsprechender körperlicher Aktivität gelten folgende Richtwerte.

Altersgruppe	kcal/Tag		kJ/Tag	
	m	w	m	w
Säuglinge und Kinder mit mittlerer körperlicher Aktivität				
Säuglinge				
0–3 Monate	500	450	2 000	1 900
4–12 Monate	700	700	3 000	2 900
Kinder				
1–3 Jahre	1 100	1 000	4 700	4 400
1–6 Jahre	1 500	1 400	6 400	5 800
7–9 Jahre	1 900	1 700	7 900	7 100
10–12 Jahre	2 300	2 000	9 400	8 500
13–14 Jahre	2 700	2 200	11 200	9 400

Altersgruppe	kcal/Tag		kJ/Tag	
	m	w	m	w
Jugendliche und Erwachsene mit ausschließlich sitzender Arbeit (Büroangestellte, Feinmechaniker) und wenig oder keiner anstrengenden Freizeitaktivität				
15–18 Jahre	2 500	2 000	10 600	8 500
19–24 Jahre	2 500	1 900	10 600	8 100
25–50 Jahre	2 400	1 900	10 200	7 800
51–64 Jahre	2 200	1 800	9 200	7 400
65 Jahre und älter	2 000	1 600	8 300	6 900
Jugendliche und Erwachsene mit überwiegend gehender und stehender Arbeit (Verkäufer, Handwerker, Hausfrauen)				
15–18 Jahre	3 300	2 600	13 700	11 000
19–24 Jahre	3 300	2 500	13 700	10 400
25–50 Jahre	3 100	2 400	13 100	10 100
51–64 Jahre	2 800	2 300	11 900	9 500
65 Jahre und älter	2 500	2 100	10 600	8 800
Zuschläge für Schwangere und Stillende				
Schwangere		+ 255		+ 1 100
Stillende bis einschl. 4. Monat		+ 636		+ 2 700

Quelle: Referenzwerte für die Nährstoffzufuhr, Deutsche Gesellschaft für Ernährung, DGE (2000)

Sportler und körperlich schwer Arbeitende brauchen mehr Energie

- Wer 4- oder 5-mal die Woche 30 bis 60 Minuten Sport macht darf je nach Alter und Geschlecht täglich 350–550 kcal mehr aufnehmen.
- Ein Mann mit einem körperlich anstrengenden Beruf benötigt etwa 3800 kcal am Tag, würde er dagegen nur am Computer sitzen reichen ungefähr 2400 kcal.

So viele Kalorien verbrauchen Sie bei verschiedenen Tätigkeiten

Die Tabelle zeigt Ihnen, wie viele Kalorien Ihr Körper bei verschiedenen Tätigkeiten verbraucht. Die Durchschnittswerte beziehen sich auf ein Körpergewicht von 65 kg und einen Zeitraum von 15 Minuten. Die angegebenen Lebensmittel liefern in etwa die Kalorienmenge, die Sie bei entsprechender Tätigkeit verbrauchen. Je nachdem wie intensiv Sie sich bewegen, können sich die vorgegebenen Werte verändern. So ist beispielsweise Ihr Kalorienverbrauch höher, wenn Sie schneller als 15 km/h Rad fahren.

Tätigkeiten	Kalorienverbrauch pro 15 min	Lebensmittel
Grundtätigkeiten		
Gehen, Asphaltstraße	78	100 g Dorsch
Liegen	16	1 TL Pflaumenmus
Sitzen	21	1 kleine Paprikaschote
Stehen, ruhig	24	10 Salzsticks
Beruf		
Schreiben	29	1 TL Honig
Schreiben am Computer	27	2 Mandarinen
Haushalt		
Backen	35	4 Tomaten
Bügeln	62	1 kleiner Apfel
Einkaufen	60	200 g Johannisbeeren, rot
Kochen	44	1 Dominostein
Nähen	32	1 Scheibe Buttermilch-Knäckebrot
Reinigen allgemein	60	100 g Sauerkirschen
Streichen	33	1 Kiwi

Tätigkeiten	Kalorien-verbrauch pro 15 min	Lebensmittel
Gartenarbeit		
Hecken schneiden	75	3 Aprikosen
Holz spalten	120	5 Butterkekse
Rasen mähen	110	1 Spiegelei
Musizieren		
Akkordeon	32	1/2 Schokoriegel
Flöte	35	30 g deutscher Kaviar
Klavier	39	1 Dattel
Schlagzeug	65	100 g Süßkirschen
Spiel und Freizeit		
Angeln	60	2 Stück Passionsfrucht
Badminton	95	200 ml Apfelsaft
Basketball	135	100 g Forelle, geräuchert
Bergwandern, ohne Gepäck	119	1 Scheibe Knäckebrot mit Butter und Wurst
Bergwandern, mit 5 kg Gepäck	126	1/2 Brötchen mit Butter und Salami
Fußball	129	20 g Kürbiskerne
Golf	83	1 Grapefruit
Gymnastik	65	3 Biskuitkekse
Inline-Skating	110	2 Stück Ferrero Küsschen
Judo	191	1 Elisenlebkuchen
Kajak	44	1 Eiswaffeltüte
Laufen, 11 km/h, Ebene	188	100 Romadur, 20% Fett i.Tr.
Powerwalking	95	8 Stück Erdnusskerne
Rad fahren, 15 km/h	98	100 g Crevetten
Schwimmen, Brust	158	40 g Müsli
Skifahren	96	1 Scheibe Mischbrot
Skiwandern	140	100 g Handkäse
Squash	207	100 g Calamares
Tanzen, Standard	50	100 g Zuckermelone
Tennis	107	1 Kloß
Tischtennis	66	200 g Broccoli
Volleyball	50	100 ml Brombeernektar
Zirkeltraining	180	Banjo, 1 Doppelriegel

Welches ist Ihr richtiges Gewicht?

Diese Frage kann man kaum allgemein verbindlich beantworten, denn das Körpergewicht ist von vielen Faktoren abhängig. Körperbau und die Muskelmasse spielen hier eine wichtige Rolle und diese sind ja bei jedem Menschen unterschiedlich ausgeprägt. Trotzdem gibt es mehrere Formeln, mit denen man sein eigenes Gewicht bewerten kann. Die mittlerweile gebräuchlichste Formel ist der Body Mass Index (BMI).

Body Mass Index (BMI)

Wie steht es mit Ihrem Gewicht? Diese Frage beantwortet Ihnen der Wert, den Sie mit der Formel des Body-Mass-Index (engl. für: Körper-Masse-Index) ausrechnen können. Teilen Sie einfach Ihr Gewicht durch Ihre Körpergröße zum Quadrat.

$$\text{BMI} = \frac{\text{Körpergewicht in kg}}{(\text{Körpergröße in m})^2}$$

Beispiel: Eine Frau, die 60 kg wiegt und 1,66 Meter groß ist, hat einen BMI von etwa 22
[Formel: $60 : (1{,}66)^2 = 60 : (1{,}66 \times 1{,}66) = 21{,}77$].
Dieser Wert sagt aus, dass die Frau normalgewichtig ist.

Was sagt der BMI aus?
Mit Hilfe der folgenden Tabelle lässt sich jeder errechnete Wert genau einordnen.

	BMI für Männer	BMI für Frauen
Untergewicht	unter 20	unter 19
Normalgewicht	20–25	19–24
Leichtes Übergewicht	25–30	24–30
Fettsucht	30–40	30–40
Extreme Fettsucht	über 40	über 40

Das Wohlfühlgewicht

Herzlichen Glückwunsch, wenn Ihr BMI im Bereich des Normalgewichts ist. Essen Sie weiterhin bewusst, abwechslungsreich und mit Genuss und achten Sie auf genügend körperliche Aktivität. Allen anderen sei gesagt, dass das eigene Körpergewicht eine ganz persönliche Sache ist.

Leichtes Übergewicht – eigentlich kein Problem:
Wenn Sie leichtes Übergewicht haben (BMI 24–30 für Frauen; BMI 25–30 für Männer), ansonsten gesund sind, sich in Ihrem Körper wohl fühlen und mit Ihrer Figur zufrieden sind, dann besteht aus medizinischer Sicht kein Grund abzunehmen. Und bedenken Sie: Übergewicht ist zu einem großen Teil Veranlagung, die einem in die Wiege gelegt wird, so dass nicht nur falsche Ernährungsgewohnheiten dafür verantwortlich sind. Dazu kommt, dass das Körpergewicht im Alter von Haus aus leicht ansteigt. Ein ganz natürlicher Vorgang: Die Muskelmasse nimmt dabei ab, die Menge des Fettgewebes leicht zu.

HINWEIS:

Vererbung sollten Sie aber nicht als Entschuldigung für maßloses Essen nehmen. Mit körperlicher Aktivität und sinnvoller Nahrungsmittelauswahl ist es leicht möglich ein paar Pfunde zu verlieren.

Leichtes Übergewicht – hier müssen Sie abnehmen:

- Bei Ihnen liegt eine Krankheit, wie zum Beispiel Diabetes, Bluthochdruck oder eine Fettstoffwechselstörung vor.
- Sie sind für eine dieser Krankheiten erblich vorbelastet.

Leichtes Übergewicht kann in diesen Fällen Ihre Gesundheit gefährden, mögliche Folgen können Herz-Kreislaufbeschwerden, Arterienverkalkung, Herzinfarkt oder Schlaganfall sein.

TIPP:

Bestimmen Sie im Zweifelsfall zusammen mit Ihrem Arzt das Gewicht, das Sie entweder halten oder erreichen sollten, damit Sie gesund bleiben und sich wohl fühlen.

Achtung Fettsucht: Bei einem BMI über 30 sollten Sie auf jeden Fall einen Arzt aufsuchen. Eine Gewichtsabnahme ist dringend anzuraten.

So essen Sie gesund

Vielseitig, aber nicht zu viel –

lautet die einfache Grundregel für eine gesunde Ernährung, das heißt:

- Die Grundnährstoffe Kohlenhydrate, Eiweiß und Fett sollten Sie in einem ausgewogenen Verhältnis zu sich nehmen.
- Essen Sie so abwechslungsreich wie möglich, dann stimmt die Versorgung mit Ballaststoffen, Mineralstoffen, Vitaminen und sonstigen Vitalstoffen.
- Essen Sie gerade so viel, dass Sie weder Über- noch Untergewicht bekommen.

Die Grundnährstoffe im harmonischen Verhältnis

Kohlenhydrate

Sollten mehr als 50% der Gesamtkalorien ausmachen.

Essen Sie davon vor allem frisches Obst und Gemüse, Kartoffeln, Hülsenfrüchte, Getreideflocken, Reis, Brot und Nudeln.

Ballaststoffe sind auch Kohlenhydrate. Sie sind vor allem in Vollkornprodukten enthalten und sorgen für einen reibungslosen Stuhlgang, einen gesunden Darm und normale Blutfettwerte. Da sie gut sättigen, helfen sie Kalorien zu sparen.

EIWEISS

Sollte etwa 10 % der Gesamtkalorien ausmachen.

Essen Sie 2/3 pflanzliches Eiweiß, zum Beispiel Linsen, Haferflocken, Vollkornbrot, Kartoffeln, Reis
und 1/3 tierisches Eiweiß, zum Beispiel Fleisch, Fisch, Milch, Käse, Eier.

FETT

Sollte nicht mehr als 30 % der Gesamtkalorien ausmachen.

Fetthaltige Lebensmittel schnell gefunden: In der Tabelle sind alle Lebensmittel mit einem Fettgehalt über dieser 30-Prozent-Grenze mit »**F**« gekennzeichnet.

Vorsicht vor versteckten Fetten in fetten Käsesorten, Fleisch- und Wurstwaren sowie Soßen, Cremes, Torten, Gebäck und Süßigkeiten.

»Light« ist nicht immer kalorienarm! Diese Produkte sind zwar im Fettgehalt herabgesetzt, was aber nicht automatisch heißt, dass sie wenig Kalorien haben. Bevorzugen Sie lieber Produkte, die von Natur aus leicht sind, wie Getreide, Kartoffeln, Obst, Gemüse und fettarme Milchprodukte.

ESSEN SIE VON MORGENS BIS ABENDS BEWUSST

- **Das Frühstück:** hier eignen sich Müsli, Obst, Vollkornbrot mit etwas Quark, Käse oder Wurst. Frühstücksmuffel sollten nicht bis mittags nüchtern bleiben, sondern sich eine leichte Zwischenmahlzeit gönnen.
- **Zwischenmahlzeiten** sind besonders sinnvoll, wenn dabei vor allem Obst oder Milchprodukte gegessen

werden. So werden Leistungsabfall und das Aufkommen von Heißhunger, bei dem man meist sehr unkontrolliert isst, verhindert. Aber Vorsicht: Sie sollten trotzdem über den Tag verteilt nicht mehr essen als Sie an Energie benötigen.

- **Das Abendessen** sollte eher leicht und nicht zu üppig sein, weil abends die Verdauung herabgesetzt ist.

Darauf sollten Sie achten:

- Gedankenloses In-sich-hinein-Stopfen von Knabberzeug und Süßigkeiten (zum Beispiel beim Fernsehen) sollten Sie unbedingt vermeiden.
- Essen Sie immer bewusst und achten Sie stets darauf, dass auf Ihrem Speisezettel möglichst oft frischer Salat sowie knackiges Gemüse und Obst stehen.
- Informieren Sie sich über den Energiewert Ihrer Nahrung mit Hilfe von *Klevers Kompass Kalorien & Fette*. Wer bewusst isst, kann besser genießen und weiß, wann sein Körper genug hat.

Nahrungsmittel und Getränke von A bis Z

Werte ohne zusätzlichen Hinweis beziehen sich auf 100 Gramm verzehrbaren Anteil

A

	kcal	Fett(g)	Nw
Aachener Pflümli Pflaumenmus, *Zentis*, 1 TL	18	*	K
Aachener Printen, 1 Stück	134	5	K
Aal	281	25	F
Aal, 200 g Einkauf	418	35	F
Aal, geräuchert	350	29	F
Aal in Gelee, 1 Würfel	220	18	F
ABC, *Bahlsen*	398	1	K
ACE-Drink, *Müller*, 500 ml	270	*	V
Acerola	39	0,2	V
Acerolate, *Donath*, 0,1 l	65	0,3	V
Aceto Balsamico di Modena, *Hengstenberg*	104	0	
Aceto Balsamico, *Johann Lafer*	133	0	
Aceto Balsamico bianco Basilico, *Johann Lafer*	122	0	
Ackersalat	14	0,4	MV
Actimel Drink, *Danone*, versch. Sorten, i. D.	88	1,5	K
Actimel Joghurt, *Danone*, versch. Sorten, i. D.	100	2,6	K
Äsche	90	4	EF
Äsche, 200 g Einkauf	94	5	EF
Afrika, Vollmilch, *Bahlsen*	537	30	FK
After Eight, 1 Täfelchen	34	1	K
After Eight Biscuits, 1 Stück	26	1	K
After Eight Collection, 1 Praline i. D.	42	3	K
Agnolotti, TK, *Eismann*	196	4	
Ahorn-Creme, *Granovita*, 1 TL	17	0	K
Ahornsirup, 1 EL	48	0	K
Aioli Sauce	201	20	F
Akee (Aki, Akipflaume)	218	20	V
Alaska-Seelachsfilet, TK, *Eismann*	81	1	E
Alaska-Seelachs in Senfsoße, TK, *Bofrost*	94	4,7	E
Alaska-Seelachsfilet in heller Kräutersauce, *Du darfst*, 1 Portion	241	8,8	EK
Alaska Seelachsscheiben in Öl, *Nadler*	150	8	E
Ale, engl. Bier, 0,2 l	96	0	
Alexander-Cocktail, 5 cl	147	0	
Algen	35	0,9	MV
Algen in Pulverform	265	7	E
Alkoholfreies Bier, 0,33 l, i. D.	92	0	
All-Bran Plus, *Kellogg's*, 30 g	155	3,3	K
Allgäuer Schmelzkäse, 45 % Fett i.Tr.	313	25	EF
Allgäuer Speisequark-Zubereitung 0 %, *Ehrmann*	57	0,2	E
Allgäuer Speisequark-Zubereitung 20 %, *Ehrmann*	86	3,7	EF
Almi Drink, verschiedene Sorten, i. D.	42	0,05	K

Nw = *Nährwerte*, **E** = *viel Eiweiß – bevorzugt essen*, **F** = *viel Fett – vorsichtig essen*
K = *viele Kohlenhydrate – überlegt essen*, **M** = *viele Mineralstoffe – bevorzugt essen*
V = *viele Vitamine – bevorzugt essen*, **B** = *Ballaststoffe – gezielt essen*

A

	kcal	Fett(g)	Nw
Almighurt, 0,1 % Fett, *Ehrmann*	95	0,1	K
Almighurt Fruchtjoghurt, *Ehrmann*	110	2,8	K
Almighurt Schoko, *Ehrmann*	119	3,7	K
Alpenländer Käsecreme-Suppe (Beutel), *Knorr*, 1 Teller	157	12	F
Alpenmädel, *Ehrmann*	90	1,2	K
Alpenmädel Diät, *Ehrmann*	66	1,2	K
Alpenmilch Schoko-Creme, *Zentis*	577	38	FK
Alpenmilch Schokolade, *Ritter Sport*	538	32	FK
Altbier, 0,33 l	146	0	
Altbier, Diät, 0,33 l	135	0	
Alt-Böhmischer Apfelkuchen, *Coppenrath & Wiese*, 1 Stück	213	7,4	FK
Alt-Böhmischer Pflaumenkuchen, *Coppenrath & Wiese*, 1 Stück	222	8,5	FK
Altmeister Kräuter Vollwürz-Essig, *Hengstenberg*	18	0	
American Diner, Classic, TK, *McCain*	168	6	K
American Diner, Southern, TK, *McCain*	187	9	FK
American Pasta Dream, Maccheroni & Cheese, *Maggi*, 1 Beutel	597	13,9	FK
American Pasta Dream, Noodles & Salsa, *Maggi*, 1 Beutel	648	11,6	FK

	kcal	Fett(g)	Nw
Americano, 8 cl	116	0	
Amerikaner, 1 Stück	400	24	FK
Amicelli, 1 Stück	63	3,4	
Ammerländer Schinken	390	30	F
Ananas	56	0,2	V
Ananas, 500 g Einkauf	151	0,5	V
Ananas (Dose), 1 Scheibe	35	0,1	K
Ananas, kandiert	320	1	K
Ananasbowle, 0,2 l	160	0	
Ananaskompott	97	0,3	
Ananas-Kraut, *Hengstenberg*	33	1,5	B
Ananassaft, *Donath*, 0,1 l	54	0	V
Ananassaft, gesüßt (Dose), 0,2 l	112	0,9	K
Ananassaft, ungesüßt (Dose), 0,2 l	94	0,9	V
Ananas-Weinkraut, *Kühne*	34	0,3	B
Anchovisfilet, 1 Stück	15	0,2	
Anchovispaste, 1 TL	20	0,1	
Anguilotti	209	24	F
Anisettelikör, 2 cl	75	0	
Anisplätzchen, 1 Stück, i.D.	20	0,4	K
Anisschnaps, 2 cl	68	0	
Anonen (Cherimoya)	63	0,3	V
Antilopenfleisch	97	1	E
Antipasti im Glas, *Kühne*, i.D.	56	3	F
Antipasti Meeresfrüchte, *Nadler*	174	8,7	E
Antipasti getrocknete Tomaten, *Nadler*	69	5	F
Antipasti Artischocken, *Nadler*	89	5	F
Apfel, 1 Stück, 150 g	76	0,8	V
Apfel, getrocknet	279	3	BK

A

	kcal	Fett(g)	Nw
Apfel, getrocknet, 1 Ring, 10 g	28	0,3	BK
Apfelessig-Drink, *Müller*, 500 ml	245	0,5	
Apfelessig naturtrüb, *Hengstenberg*	18	0	
Apfelessig naturtrüb Honig, *Hengstenberg*	52	0	
Apfelessig-Orangen-Trunk, *Hengstenberg*	40	0	
Apfel-Essig, Obstessig Biosur, *Hengstenberg*	18	0	
Apfelgelee, 1 TL	26	0,1	K
Apfelkraut, Rheinisches	286	0	K
Apfelkraut, Rheinisches, 1 TL	29	0	K
Apfelkren, 1 EL	30	*	
Apfelmus (Glas)	79	0,1	
Apfelringe, *Alnatura*	264	1,6	K
Apfel-Rotkohl (Glas), *Hengstenberg*	50	0,1	B
Apfelrotkohl, TK, *Iglo*	65	1,7	B
Apfelsaft, 0,2 l	94	0	V
Apfelsaft, naturtrüb, 0,2 l	96	0,1	V
Apfelschorle, 0,2 l, *Lift*	46	0	K
Apfelschnaps, 2 cl	65	0	
Apfelsine	42	0,2	V
Apfelsine, 1 Stück, 150 g	63	0,4	V
Apfelsinenschale, gerieben, 1 TL	2	0	
Apfelstrudel	230	6	K
Apfel-Trauben-Diät-Nektar, *Hipp*	23	0	M

	kcal	Fett(g)	Nw
Apfelwein, 0,25 l	115	0	
Apfel Zimt Loops, *Kellogg's*, 30 g	111	0,8	K
Appenzeller Käse, 50% Fett i.Tr.	386	32	F
Appenzeller, 20 g, 50% Fett i.Tr.	77	6	F
Aprico, Diätfrucht, *Vitaborn*, 0,2 l	116	0	V
Aprico kalo-arm, *Vitaborn*, 0,2 l	30	0	V
Apricot Brandy, 2 cl	61	0	
Aprikose	36	0,1	MV
Aprikose, 1 Stück, 50 g	18	*	MV
Aprikose, Orange-Diät-Nektar, *Hipp*	19	0	
Aprikosen (Dose)	93	0,2	K
Aprikosen, getrocknet	305	0,7	BK
Aprikosen, getrocknet, vier halbe Früchte	52	0,1	BK
Aprikosen, kandiert	240	0,5	K
Aprikosengeist, 2 cl	50	0	
Aprikosenkonfitüre, *Schneekoppe*	17	*	K
Aprikosenkonfitüre mit Fruchtzucker, kalo-arm, *Lihn*, 1 TL	17	*	K
Aprikosennektar, 0,1 l	60	0,1	
Aprikosensaft, »leichter Genuß«, *Granini*, 0,2 l	50	0	
Aprikosentorte mit Rührteig	220	9	FK
Aquavit, 43%, 2 cl	50	0	
Aranca-Cremespeisen, *Dr. Oetker*, 1 Portion, i. D.	72	1	K

Nw = Nährwerte, E = viel Eiweiß – bevorzugt essen, F = viel Fett – vorsichtig essen
K = viele Kohlenhydrate – überlegt essen, M = viele Mineralstoffe – bevorzugt essen
V = viele Vitamine – bevorzugt essen, B = Ballaststoffe – gezielt essen

A

	kcal	Fett(g)	Nw
Arche Noah (Kinderkeks), *3 Pauly*	453	17	FK
Ardennen-Schinken	264	10	F
Armagnac, 40%, 2 cl	44	0	
Aromat, 1/2 TL, *Knorr*	3	0,1	
Aromen, *Dr. Oetker*, 1 Fläschchen	25	0	
Arrak, 38%, 2 cl	45	0	
Arrak-Aroma, 1 Fläschchen	4	0	
Arrowroot, 1 TL	18	0	K
Artischocke, 1 Stück, 200 g	55	0,1	V
Artischockenböden	56	0,1	V
Artischockenherzen	56	0,1	V
Asia Aspik, *Höhenrainer*	69	1	
Asia Chop Suey, *Maggi*, 1 Beutel	389	5,7	K
Asia Nudel Snack, versch. Sorten, *Maggi*, 1 Packung	237	1	K
Asiatisches Wokgemüse, TK, *Iglo*	521	5,5	K
Aspikpulver, 1 Päckchen, 10 g	35	0	E
Assugrin	0	0	
Asti Spumante, 0,1 l	82	0	
Aubergine	17	0,2	M
Aubergine, 1 Stück, 250 g	53	0,6	M
Auflauf-Sahne, *Thomy*	107	9,6	F
Aufschnitt, Käse-, 30% Fett i.Tr.	300	18	EF
Aufschnitt, Käse-, *Du darfst*	269	17	EF
Aufschnitt-Käse, 30% Fett i.Tr., *Exquisa*	263	17	F
Aufschnitt-Pasteten, *Tartex*, 125 g	395	40	F
Auslese-Gebäckmischung, *Schneekoppe*	538	32	FK
Austern, 6 Stück	71	1,2	E
Austernpilz	11	0,1	E
Avocado, 1 Stück, 200 g	398	42	FV
Azora, *Bahlsen*, 1 Stück	10	0,4	K

B

	kcal	Fett(g)	Nw
Baars d'Or, i.D.	345	43	F
Babybel, 25% Fett i.Tr., 20 g	61	5	EF
Baby Ruth	270	20	F
Bacardi, 38%, 2 cl	50	0	
Backerbsen	550	35	FK
Backmischung American Style, *Dr. Oetker*, i.D.	377	14,8	FK
Backoblaten, *Schwartau*	365	0,8	K
Backobst, gemischt	269	0,8	BK
Backpflaumen	291	0,8	BK
Backpflaumen, 6 Stück	108	0,3	BK
Backpulver, 1 Päck.	16	0	
Bacon	857	93	F
Bacon Bits, *Herta*	315	28,1	F
Baguette, *3 Pauly*	240	2,8	K
Baguette, 1 Stück, 150 g	390	7	K
Baguettebrötchen, TK, *Eismann*, 1 Stück, 60 g	151	0,6	K
Baguette Bolognese, TK, *Iglo*	225	9	FK
Baguette Champignon, TK, *Iglo*	215	7	FK
Baguette Knoblauch Kräuter, TK, *Iglo*	361	17	FK

B

	kcal	Fett(g)	Nw
Baguette Salami, TK, *Iglo*	245	9	FK
Baguette Spinat, TK, *Iglo*	208	6,8	K
Baguette Tomate-Käse, TK, *Iglo*	231	9,4	FK
Baguettes, TK, *Eismann*, versch. Sorten, i. D.	259	11	K
Baiser, 1 Stück, 25 g	110	0	K
Bake Rolls, i. D.	449	17	F
Baked Beans, *Bonduelle*	69	0,6	K
Balisto, Corn Mix, 1 Riegel	212	5,6	FK
Balkangemüse, TK, *Iglo*	85	0,9	K
Ballaststoffhaltiger Drink, *Müller*, 0,5 l	220	0,5	BK
Balsamicogürkchen, *Hengstenberg*	36	0,2	
Bambussprossen	17	0,3	
Bami Goreng, TK, *Frosta*	108	3,8	K
Banane, 1 Stück, 150 g	94	1,1	KV
Banane, 500 g Einkauf	350	4	KV
Bananen, getrocknet	305	3,5	BK
Bananenlikör, *Marie Brizard*, 2 cl	65	0	
Banjo, 1 Riegel	342	11	FK
Barack Palinka, 40%, 2 cl	50	0	
Barbecue-Sauce	112	0,3	
Barbecue-Sauce, *Kraft*, 1 EL	28	0,1	
Bar Mix, *Ültje*	155	14	F
Barolo, 0,25 l	187	0	
Barsch	85	1	E
Barsch, 200 g Einkauf	160	2	E

	kcal	Fett(g)	Nw
Baseler Leckerli, 1 Stück, 25 g	95	2	K
Basilikum & Olive in Keimöl, *Mazola*	891	99	F
Basmati-Reis, *Kraft*	340	0,5	K
Basmati Reis Kokos Curry, TK, *Iglo*	152	7,6	K
Batate	124	0,6	
Batate, 500 g Einkauf	502	2,4	
Batatenstärke	356	0	K
Batatenstärke, 1 TL	18	0	K
Batavia-Salat	21	0	V
Bauernbrot	220	1	B
Bauernbrot, 1 Scheibe, 40 g	88	0,4	B
Bauernfrühstück, *Pfanni*, 1 Portion	390	27	F
Bauernschmaus, TK, *Bofrost*	170	8,8	FK
Baumnüsse	705	72	FV
Baumtomate (Tamarillo)	50	0,8	V
Baumtomate, 1 Stück, 80 g	40	0,6	V
Bayerngold Becher-Sortiment, *Hofmeister*	324	27	F
Bayerngold Ecken-Sortiment, *Hofmeister*	325	27	F
Bayerngold Quartett-Ecken, Leicht I. u. II., *Hofmeister*, i. D.	203	13	F
Bayerngold Scheiben-Sortiment, *Hofmeister*, i. D.	304	24	F
Beaujolais, 0,25 l	167	0	
Becel, Diät-Backmargarine	720	80	F
Becel, Diät-Margarine	720	80	F

Nw = *Nährwerte*, **E** = *viel Eiweiß – bevorzugt essen*, **F** = *viel Fett – vorsichtig essen*
K = *viele Kohlenhydrate – überlegt essen*, **M** = *viele Mineralstoffe – bevorzugt essen*
V = *viele Vitamine – bevorzugt essen*, **B** = *Ballaststoffe – gezielt essen*

B

	kcal	Fett(g)	Nw
Becel, Diät-Margarine, 1 EL	72	8	F
Becel, Diät-Halbfettmargarine	369	41	F
Becel, Diät-Halbfettmargarine, 1 EL	37	4	F
Becel, Diät-Pflanzencreme	641	71,2	F
Becel, Diät-Pflanzencreme, 1 EL	64	7	F
Becel, Diät-Pflanzenfett	900	100	F
Becel, Diät-Pflanzenfett, 1 EL	90	10	F
Becel, Diät-Pflanzenöl	828	92	F
Becel, Diät-Pflanzenöl, 1 EL	83	9	F
Béchamel Sauce, *Thomy*	213	21,4	F
Beefsteak-Hack	118	3	E
Beeren, s. einzelne Sorten			
Beerenauslese, 0,25 l, i. D.	233	0	
Beißkohl	23	0	V
Beißkohl, 500 g Einkauf	93	0	V
Belegkirschen, echte, *Schwartau*	308	1	K
Belfrutta Auslese, Konfitüre Extra, versch. Sorten, *Zentis*, 1 TL	25	*	K
Belmanda Edel-Marzipan Happen, 10 g, *Zentis*	47,2	2,8	FK
Belmanda Edel-Marzipan Riegel mit Schokolade, 60 g, *Zentis*	297	18	FK
Belmandel Mandel-Nougat-Creme, *Zentis*	548	33	FK
Bel Paese, Weichkäse, 60% Fett i.Tr.	366	33	EF
Bel Paese, 20 g	75	6	EF
Belroyal Edel-Marzipan Pralinés, *Zentis*	387	18	FK
Belroyal Gourmet-Fruchtaufstrich, versch. Sorten, *Zentis*, i. D.	203	<1	K
Benedictine-Likör, 40%, 2 cl	75	0	
Bergkäse, 20 g	77	6	F
Berliner Pfannkuchen, 1 Stück, ca. 65 g	210	8	FK
Berliner Weiße mit Schuss, 0,33 l	125	0	
Bethmännchen, 1 Stück	95	8	FK
Bickbeeren	37	0,7	
Bienenhonig	325	0	K
Bienenhonig, 1 TL	33	0	K
Bier, s. a. einzelne Sorten			
Bier, alkoholfrei, 0,33 l, i. D.	80	0	
Bier, dunkel, 0,5 l, i. D.	235	0	
Bier, hell, 0,5 l, i. D.	218	0	
Bier, kalorienreduziert, 0,5 l, i. D.	150	0	
Bierhefe, 1 EL	35	0,6	MV
Bierrettich	14	0,2	BV
Bierrettich, 1 Stück, 200 g	25	0,4	BV
Bierschinken, i. D.	169	11	F
Bierschinken, *Höhenrainer*	154	10	EF
Bierwurst, i. D.	236	11	F
Bi-Fi, Fleischsnack, 1 Stück	130	12,2	F
Bi-Fi Roll, 1 Stück	235	16,5	F

B

	kcal	Fett(g)	Nw
Big Americans Pizza, 1 Pizza, TK, *Dr. Oetker*, i. D.	1177	51,8	FK
Bighurt, *Strothmann*, versch. Sorten, i. D.	49	0,1	K
Bihun-Suppe, TK, *Eismann*, 1 Teller	103	2,5	
Bio-Amaranth-Nuss-Kokos-Müsli, *Schneekoppe*	363	12	BK
Biobin, *Tartex*, 1 g	0,3	*	
Bio-Cerealien-Müsli-Mix, *Schneekoppe*	330	4	BK
Bio-Dinkel-Flakes, pur, *Hensel*	343	3	K
Bio-Dinkel-Ringli, *Hensel*	362	2,5	K
Bio-Dinkel-Vollkorn-Cornflakes, *Hensel*	339	3	K
Bio-Erbsen, *Bonduelle*	66	0,7	KV
Bio-Fruchtaufstrich, *Schneekoppe*, i. D.	135	*	K
Bio-Früchte-Auslese-Müsli, *Schneekoppe*	302	2	BK
Bioghurt, 3,5%, 150 g, *Ehrmann*	100	3,3	EF
Bioghurt light, *Ehrmann*	62	1,1	E
Bioghurt Pur, *Ehrmann*	73	3,8	EF
Bioghurt Vollkorn, *Ehrmann*	95	2,7	E
Bio-Gnocchi, *Hilcona*	174	4,1	K
Bio-Reis-Mais-Snack, *Schneekoppe*	380	2	BK
Bio-Soja-Teigwaren, roh, *Hensel*	360	3,5	BK
Bio-Spätzlo, *Hilcona*	168	1,5	K
Bio-Tortelloni Ricotta-Spinat, *Hilcona*	222	3,9	K

	kcal	Fett(g)	Nw
Bio-Vierkornbrot, *Bösen*	229	1	BV
Bio-4-Korn-Reis-Snack, *Schneekoppe*	372	3	BK
Bio-Vollkorn-Müsli	410	8	BK
Bio-Vollkorn-Reis-Snack, *Schneekoppe*	386	4	BK
Bircher-Müsli, 50 g mit Milch	230	4	BK
Birkenpilz	18	0,6	MV
Birkhuhn	166	9	EF
Birkhuhn, 1 Stück	850	46	EF
Birne	55	0,3	BV
Birne, 1 Stück, 150 g	80	0,5	BV
Birne (Dose)	72	0,2	K
Birne, getrocknet	213	1,2	BK
Birnengeist, 2 cl	60	0	
Birnensaft, »trink-Genuß«, *Granini*, 0,1 l	54	0,2	
Biskin-Pflanzenfett	900	100	F
Biskin-Pflanzenfett, 1 EL	90	10	F
Biskin-Speiseöl	819	91	F
Biskin-Speiseöl, 1 EL	82	9	F
Biskuitboden	570	35	FK
Biskuitkeks, 1 Stück	22	1,4	FK
Biskuit-Kuchen, BM, 1 Stück, i. D.	98	3	K
Biskuitrolle mit Zitronensahne	282	15	FK
Bismarckhering, *Nadler*	210	16	EF
Bitter Lemon, *Schweppes*, 0,2 l	70	0	
Bitter Lemon light, *Schweppes*, 0,2 l	17	0	
Bittermandelöl, 1 Fläschchen	18	1,8	F
Bitterschokolade	551	35	FK
Black Velvet, 0,2 l	140	0	

Nw = *Nährwerte*, **E** = *viel Eiweiß – bevorzugt essen*, **F** = *viel Fett – vorsichtig essen*
K = *viele Kohlenhydrate – überlegt essen*, **M** = *viele Mineralstoffe – bevorzugt essen*
V = *viele Vitamine – bevorzugt essen*, **B** = *Ballaststoffe – gezielt essen*

B

	kcal	Fett(g)	Nw
Blätter-Brezeln, *Bahlsen*, 1 Stück	23	1	FK
Blätterkohl	37	0,9	MV
Blätterkohl, 500 g Einkauf	224	5	MV
Blätterteig, Frischteig, *Nestlé*, 1 Packung	950	62	FK
Blätterteigpastetchen, FP, 1 Stück	215	21	FK
Blätterteigteilchen, 1 Stück, i.D.	280	23	FK
Blattgelatine, *Dr.Oetker*, 10 g	35	0	E
Blattspinat, TK, *Bonduelle*	27	0,5	V
Blattspinat, portioniert, TK, *Bonduelle*, 125 g	34	0,5	V
Blattspinat Gorgonzola, TK, *Iglo*	95	5,7	FV
Blaubeeren	37	0,7	MV
Blaufelchen	108	5	EF
Blaufelchen, 200 g Einkauf	146	7	EF
Blaukraut	25	0,2	MV
Blauschimmelkäse, 60% Fett i.Tr.	365	33	F
Bleichsellerie	21	0,2	MV
Bleichsellerie, 500 g Einkauf	66	0,6	MV
Blockmalz	420	0	K
Blockschokolade	550	32	FK
Bloody Mary, 0,1 l	95	0	
Blütenpollen in Honig, *Granovita*, 1 TL	17	0	K
Blumenkohl	27	0,3	MV
Blumenkohl, 500 g Einkauf	82	0,9	MV
Blumenkohl, Rahm-, TK, *Iglo*	95	7	F
Blumenkohl-Broccoli-Suppe, *Knorr*, 1 Teller	77	3	F
Blumenkohl-Broccoli-Suppe, mit Schinken, *Maggi*, 1 Teller	154	9,3	F
Blumenkohl-Käseplätzchen, TK, *Eismann*, 1 Stück	65	3	K
Blumenkohl-Röschen, TK, *Bonduelle*	14	0,3	V
Blunzen	425	36	F
Blutorangen-Drink, *Müller*, 0,5 l	280	0,5	K
Blutwurst, i.D.	425	36	F
Bockbier, 0,5 l	291	0	
Bockwurst	277	25	F
Bodenseefelchen	108	5	EF
Bodenseefelchen, 200 g Einkauf	146	7	EF
Böhmische Knödl, *Pfanni*, 1 Portion	236	1	K
Bohnen, grün	35	0,3	MV
Bohnen, grün, 500 g Einkauf	167	1,4	MV
Bohnen, grün, *Bonduelle*, Dose	23	0,2	
Bohnen, weiß	262	1,6	BE
Bohnen, weiß, *Bonduelle*	87	0,5	BE
Bohnensalat, *Hengstenberg*	70	0,4	E
Bohnensalat mit Feta, *Nadler*	132	4	K
Boltjen, 1 Stück, i.D.	20	0	K
Bolognese Art, Minuto, *Birkel*	129	5	K
Bolognese-Spirelli in Tomaten-Fleischsauce, Pasteria, *Maggi*, 1 Beutel	716	10,6	K
Bonbon, 1 Stück, i.D.	20	0	K
Bonbon, Diabetiker-, 1 Stück, i.D.	19	0	K

B

	kcal	Fett(g)	Nw
Bonbon, Diät-, 1 Stück, i. D.	18	0	K
Bonbons, i. D.	400	0	K
Bonbons, Diabetiker-, mit Sorbit, *Rademann*	380	0	K
Bonitos, 1 Beutel, 40 g	195	8	FK
Bouillon, Rinds-, Instant, 1 Tasse	9	0,6	F
Bounty, 1 Riegel	268	14,4	FK
Bounty Miniatures, pro Stück	38	2,2	F
Bourbon, 40%, 4 cl	115	0	
Bowle, 150 ml	162	0	
Boysenbeeren	48	1	MV
Brachsen	150	9	EF
Brachsen, 200 g Einkauf	180	11	EF
Brägenwurst	350	33	F
Brandy, 40%, 2 cl	44	0	
Branntwein	220	0	
Branntweinessig, *Hengstenberg*	16	0	
Brasilnüsse	688	72	FV
Brasilnüsse, 4 Kerne	97	10	FV
Brassen	102	2	E
Bratapfel-Kuchen, 1 Stück, *Dr. Oetker*	330	19	FK
Bratensaft, Instant, *Maggi*, 1 EL, zubereitet	6	0,5	F
Bratensoße extra, *Knorr*, 1/4 l, zubereitet	140	6	F
Bratensoße, Instant, *Maggi*, 1/4 l	80	5	F
Bratensoße, Tube, *Knorr*, 1/4 l	199	15	F
Brathähnchen	166	9	EF
Brathering	204	15	F
Brathering, 1 Stück, 150 g	320	24	F
Brathering in Marinade, *Nadler*	177	11,3	E
Bratkartoffeln, *Pfanni*, 200 g	231	11	F
Bratwurst, *Höhenrainer*	195	15	F
Bratwurst, vom Kalb, i. D.	296	23	F
Bratwurst, vom Schwein, i. D.	364	31	F
Bratwurstschnecke, TK, *Bofrost*, 1 Stück	399	38	EF
Brauner Zucker	382	0	K
Braunkohl	37	0,9	MV
Braunkohl, 500 g Einkauf	224	5	MV
Braunschweiger Mettwurst, i. D.	395	37	F
Brausetablette Calcium, *Huxol*, pro Tablette	7	0	M
Brausetablette Magnesium, *Huxol*, pro Tablette	7	0	M
Brausetablette Multi-Vitamin, *Huxol*, pro Tablette	8	0	MV
Breakfast Bacon, *Herta*	403	37,8	F
Bremer Pinkel	327	17	F
Brennnesselsaft, 0,1 l	19	0	V
Brezel, Blätterteig-, 1 Stück	158	2	K
Brezel, Laugen-, 1 Stück, 50 g	150	3	K

Nw = *Nährwerte*, **E** = *viel Eiweiß – bevorzugt essen*, **F** = *viel Fett – vorsichtig essen*
K = *viele Kohlenhydrate – überlegt essen*, **M** = *viele Mineralstoffe – bevorzugt essen*
V = *viele Vitamine – bevorzugt essen*, **B** = *Ballaststoffe – gezielt essen*

B

	kcal	Fett(g)	Nw
Brezeln, *3 Pauly*	485	21	FK
Brie Royal	430	41	F
Brie Royal, *Champignon*	411	39	F
Briekäse, 45% Fett i.Tr.	313	25	F
Bries	108	3	
Briette, 30% Fett i.Tr., *Striegisthaler*	223	14	F
Broccoli	33	0,2	MV
Broccoli, 500 g Einkauf	102	0,6	MV
Broccoli, TK, *Bonduelle*	25	0,5	MV
Broccoli, TK, *Iglo*	32	0	MV
Broccoli-Cremesuppe, Bistro, TK, *Iglo*, 150 ml	120	8	F
Broccoli-Käse-Crossi, TK, *Bofrost*, 1 Stück	34	1	K
Broccoli-Röschen, TK, *Iglo*	32	0	V
Broccolisalat, *Du darfst*	167	13	FK
Brödli mit Vollkorn, *3 Pauly*	407	11	K
Brösel	280	3	K
Brösel, 1 EL	56	0,6	K
Brötchen, 1 Stück, 30 g	83	1	K
Brötchen aus Blätterteig, 1 Stück, 30 g	119	2	K
Brombeeren	48	1	BV
Brombeeren (Dose)	88	2	
Brombeergelee, *Fructusan*, 1 TL	20	0	K
Brombeerkonfitüre, 1 TL	26	0	K
Brombeerkonfitüre, mit Fruchtzucker, kalo-arm, *Lihn*, 1 TL	16	0	K
Brombeer-Nektar, *Vitaborn*, 0,1 l	50	0	

	kcal	Fett(g)	Nw
Brombeersaft, ungesüßt, 0,1 l	36	0	
Brombeer-Sirup, *Vitaborn*, 1 EL	58	0	
Brot, s. einzelne Sorten			
Brotaufstrich, 24%, *Du darfst*	255	24	F
Brotaufstrich, *Bertolli*	250	64	F
Brotaufstrich Ei-Kräuter, *Nadler*	440	44	F
Brotaufstrich Feine Pastete Kräuter, *Schneekoppe*	272	22	F
Brotaufstrich Feine Pastete Tomato d'Italia, *Schneekoppe*	257	22	F
Brotaufstrich Geflügel, *Nadler*	258	22	F
Brotaufstrich, mit Joghurt, *Lätta*	378	39	F
Brotfrucht	75	0,3	
Brühe, fett, Würfel, 1/4 l, zubereitet, *Maggi*	16	1,3	F
Brühe, gekörnt, *Maggi*, 1/4 l, zubereitet	7	0,4	F
Brühe, klar, Instant, *Maggi*, 1/4 l, zubereitet	14	1,3	F
Brühwürfel, *Maggi*, 1/4 l	7	0,4	F
Brühwurst, 25% (Dose)	274	25	F
Brüsseler Kohl	52	0,6	MV
Brüsseler Kohl, 500 g Einkauf	210	2,4	MV
Brunnenkresse	21	0,3	MV
Brunnenkresse, 500 g Einkauf	105	1,5	MV
Brustschinken, *Höhenrainer*	129	5	F

B

	kcal	Fett(g)	Nw
Buchstabensuppe, FP, 1 Teller	70	1,5	
Buchweizen, ganzes Korn	364	1,7	E
Buchweizengrütze	361	1,7	E
Buchweizengrütze, 1 EL	65	0,3	E
Buchweizenvollkornmehl	351	1,7	K
Buchweizenvollkornmehl, 1 EL	70	0,3	K
Büchsenmilch, 7,5%, 1 TL	7	0,5	F
Büchsenmilch, 10%, 1 TL	9	1	F
Bückling, 200 g Einkauf	292	17	F
Bücklingsfilet	241	14	F
Büffelmilchkäse	254	19	EF
Bündnerfleisch	264	11	E
Bürli, 1 Stück	265	2	K
Bürzelkohl	23	0	
Bürzelkohl, 500 g Einkauf	115	0	
Bulgur	302	2	BV
Bunte Früchtchen, *Schneekoppe*, Diät, 7,5 g	157	*	K
Bunte Kuchenplatte, TK, *Eismann*	266	12	K
Bunter Gemüsegarten, *Hipp*	72	1,5	K
Butaris	921	100	F
Butaris, 1 EL	138	15	F
Butt, Heil-, weiß	90	3	EF
Butt, Heil-, weiß, 200 g Einkauf	130	4	EF
Butter	748	83	F
Butter, 1 EL	75	8	F
Butter, 1 TL	39	4	F

	kcal	Fett(g)	Nw
Butter, Milchhalbfett, Hotelpackung, 25 g	91	10	F
Butter, Milchhalbfett, 1 EL	37	4	F
Butter, Milchhalbfett, 1 TL	20	2	F
Butterblätter, *Bahlsen*	512	24	FK
Buttergebäck, 20 g	101	5	F
Buttergemüse, TK, *Iglo*, 150 g	156	9	F
Butterkäse, 50% Fett i.Tr.	359	29	F
Butterkäse, 20 g	71	6	F
Butterkeks, *Leibniz*, 1 Stück	22	0,6	K
Butterkeks, mini, *Leibniz*, 10 g	46	1,6	EK
Buttermilch, *Weihenstephan*	37	0,9	EK
Buttermilch aus Pulver, 0,25 l	125	3	EK
Buttermilch, reine, *Müller*	43	1,0	EK
Buttermilch-Dressing, *Kraft*, 1 EL	24	1,6	F
Buttermilch-Frischkäse, *Du darfst*	134	8	F
Buttermilch-Knäckebrot, 1 Scheibe	30	*	B
Butterpfannengemüse, TK, *Bofrost*	103	7,4	F
Butterpilz	12	0,4	MV
Butterpilz, 500 g Einkauf	48	1,6	MV
Butterschmalz	748	83	K
Butterspekulatius, *Sionon*, 1 Stück	35	1,3	FK

Nw = *Nährwerte*, **E** = *viel Eiweiß – bevorzugt essen*, **F** = *viel Fett – vorsichtig essen*
K = *viele Kohlenhydrate – überlegt essen*, **M** = *viele Mineralstoffe – bevorzugt essen*
V = *viele Vitamine – bevorzugt essen*, **B** = *Ballaststoffe – gezielt essen*

C

	kcal	Fett(g)	Nw
Calamares	207	11	EF
Calamares à la Romana, TK, *Eismann*	230	14	FK
Calvados, 2 cl	65	0	
Cambozola, *Champignon*	436	41	F
Camembert, 30% Fett i.Tr., 80 g, *Weihenstephan*	207	12,8	EF
Camembert, 45% Fett. i. Tr., 80 g, *Weihenstephan*	281	21,8	EF
Camembert, 55% Fett i.Tr., 125 g, *Weihenstephan*	343	29,4	EF
Camembert, Rahm-, 55% Fett i.Tr.	338	29	F
Camembert, *Champignon*	331	28	EF
Camembert, leicht, *Champignon*	230	13	EF
Camembert, *Du darfst*	219	14	EF
Camembert, paniert, TK, *Bofrost*, 1 Stück, 65 g	209	14,3	F
Camembert, Suisse, 60% Fett i.Tr.	393	35	EF
Campari, 5 cl	56	0	
Canderel, Streusüße, 1 TL	2	0	
Cantaloupemelone	25	0	V
Cappelletti Basilico, *Hilcona*	202	5	K
Cappelletti con prosciutto crudo, *Buitoni* Fresco, 125 g	375	10	K
Cappelletti Prosciutto Formaggio, *Hilcona*	195	6	K
Cappelletti Rucola Parmesan, *Hilcona*	190	4,7	K
Cappuccino, *Nestlé*, 1 Tasse, 120 ml	53	2	K
Cappuccino Vanilla, *Nestlé*, 120 ml	53	2	K
Caprice des Dieux, 60% Fett i.Tr.	356	30	F
Caramac, 1 Riegel	169	11	FK
Caramel Mousse, *Nestlé*, 1 Becher	103	5	F
Carbonara al Gusto, *Knorr*, 1 Packung	602	56	FK
Carissa (Natalpflaume)	49	1	V
Caro Landkaffee, *Nestlé*, 1 Tasse	4	2	K
Cashewkerne, *Ültje*	155	13	F
Cashewnüsse, *Lorenz*	614	0	F
Cassavastärke	360	0	K
Cassis, 2 cl	65	0	
Cefrisch, 0,1 l, i.D.	55	0	
Cellentani, *Buitoni*, 100 g roh	362	1,7	F
Cenofix, *Heirler*, 1 EL	21	0,5	
Ceralisto	194	11,1	F
Ceralisto Joghurtcreme	181	8,5	F
Cervelatwurst, i. D.	375	34	F
Cervelatwurst, *Du darfst*	296	24	F
Cervelatwurst extra, *Herta*	370	32	F
Cevapcici, *Herta*, 1 Portion	300	24	FK
Cevapcici, TK, *Bofrost*	291	25	F
Cevapcici, *Erasco*, 1 Portion	581	23	F
Chablis, 0,25 l	167	0	
Champagner, brut, 0,1 l	67	0	
Champagner, demi-sec, 0,1 l	124	0	

C

	kcal	Fett(g)	Nw
Champagner, extra dry, 0,1 l	70	0	
Champagner, sec, 0,1 l	90	0	
Champagner-Cocktail, 5 cl, i. D.	60	0	
Champagner-Kraut, *Hengstenberg*	40	1,7	BV
Champignoncremesuppe, Beutel, *Knorr*, 1 Teller	111	8	F
Champignoncremesuppe, Gourmet, *Maggi*, 1 Teller	119	4,8	F
Champignon-Plätzli, TK, *Iglo*	164	4,6	F
Champignons	15	0,2	MV
Champignons, 500 g Einkauf	75	1	MV
Champignons (Dose)	16	0,5	E
Champignonsalat, *Homann*	204	21	F
Champignon-Schmelzkäse, 40% Fett i.Tr., 1 Ecke à 62,5 g	170	13	F
Chartreuse, gelb, 40%, 2 cl	60	0	
Chartreuse, grün, 55%, 2 cl	75	0	
Chateauneuf-du-Pape, 0,25 l	192	0	
Chayoton	26	0,1	
Cheddarkäse, 50% Fett i.Tr.	410	33	F
Chef-Fritatoes, TK, *McCain*	165	7	FK
Chef-Frites, TK, *McCain*	154	5,5	FK
Chef-PomPoms, TK, *McCain*	186	8	FK
Cherimoya	94	0,3	V
Cherry Brandy, 30%, 2 cl	55	0	
Chester, 50% Fett i.Tr.	410	33	F
Chester, 20 g	80	6	F
Chester, Scheibletten, 45% Fett i.Tr., *Kraft*, 1 Scheibe	55	4	F
Chicken-Chips, TK, *Bofrost*	198	8,6	FK
Chicken Hawaii, TK, *Bofrost*	158	7,4	EF
Chicken Hot Wings »Buffalo«, *Wiesenhof*	203	14,1	EF
Chicken Popcorn Original, *Wiesenhof*	301	15,9	FK
Chicken-Sticks Crisby, *Wiesenhof*	206	8,3	EK
Chiccolo Mini Geflügel Salami, *Herta*, 1 Stück	138	12	F
Chicorée	16	0,2	MV
Chicorée, 500 g Einkauf	71	0,9	MV
Chili-Bohnen, *Bonduelle*	64	0,5	BV
Chinagemüse, TK, *Bonduelle*	19	0,2	MV
Chinakohl	12	0,3	MV
Chinakohl, 500 g Einkauf	54	1,4	MV
Chinamorcheln, getrocknet	90	2	E
Chinasuppe, pikante, *Erasco*	47	1,9	F
Chinesische Gemüsepfanne, *Bonduelle*	60	0,4	K

Nw = *Nährwerte*, **E** = *viel Eiweiß – bevorzugt essen*, **F** = *viel Fett – vorsichtig essen*
K = *viele Kohlenhydrate – überlegt essen*, **M** = *viele Mineralstoffe – bevorzugt essen*
V = *viele Vitamine – bevorzugt essen*, **B** = *Ballaststoffe – gezielt essen*

C

	kcal	Fett(g)	Nw
Chinesische Knusper-Ente, TK, *Bofrost*	162	11,2	EF
Chips	552	30	F
Chips, 1 Stück	10	0,5	F
Chipsies, TK, *Eismann*	146	6	FK
Chipsletten, *Lorenz*, 1 Packung	511	29	F
Choclait Chips & Co, 1 Chip, i. D.	10	1	F
Choco Crossies, 1 Crossie, *Bahlsen*	25	1	FK
Choco Friends, *Bahlsen*	546	31	FK
Choco Krispies, *Kellogg's*, 30 g	179	3	FK
Chocolate Mint, Likör, 27%, 2 cl	64	0	
Chokini, *Bahlsen*	503	23	FK
Chop Suey, Ente, TK, *Bofrost*	100	1,7	K
Chutney, 1 EL	40	4	F
Ciabattoni Tomate Mozzarella, TK, *Iglo*	222	5,5	K
Cidre, *Granini*, herb, 0,25 l	90	0	
Cidre, *Granini*, lieblich, 0,25 l	108	0	
Cielo Amaretto, *Bahlsen*	589	40	FK
Cini-Minis, *Nestlé*, 30 g, m. fettarmer Milch	182	5	K
Clementine	46	0,3	V
Clementine, 1 Stück, 40 g	18	0,1	V
Clementine, 500 g Einkauf	195	1,3	V
Clusters, *Nestlé*, 30 g, m. fettarmer Milch, i. D.	176	5	K
C'nack Carob Reistaler, *Nuxo*	429	16,4	F
C'nack Carob Tafel Haselnuss, *Nuxo*	604	54,4	F
C'nack Carob Tafel natur, *Nuxo*	569	49,7	F
CnissBits, Nuss-Cornet, *Ritter Sport*	521	31	FK
Cocktail-Kirsche, 1 Stück	8	*	
Cocktailwürstchen, 1 Stück, 10 g	29	2	F
Cocos-Schokolade, *Ritter Sport*	572	32	FK
Cocos-Riegel, *Schneekoppe*, 1 Stück	128	8,5	F
Cognac, 40%, 2 cl	49	0	
Cointreau, 40%, 2 cl	85	0	
Cola, 0,33 l	135	0	K
Cola-Kracher	382	4,2	K
Cola light, 0,33 l	0,6	0	
Cola-Rum (2 cl Rum, 0,2 l Cola)	162	0	K
Colette mit Kräutern, *Champignon*	256	13	F
Color-Rado, *Haribo*	342	2,1	K
Comtess-Kuchen, versch. Sorten, *Bahlsen*	442	24	FK
Conditola-Kuchen, versch. Sorten, *Bahlsen*	428	23	FK
Corned beef, amerikanisch	225	13	EF
Corned beef, deutsch	152	6	E
Corned Turkey, *Wiesenhof*	150	6	E
Corn Flakes, *Kellogg's*, 30 g	110	0,2	K
Corn Flakes, Crunchy Nut, *Kellogg's*, 30 g	176	2,7	K
Corn Flakes, Vollkorn & Früchte, *Kellogg's*, 30 g	200	3,9	K
Cornflakes, *3 Pauly*	369	1	K

C

	kcal	Fett(g)	Nw
Cornichons, *Bautzner*	15	0,2	
Cornichon, klein, 1 Stück	1	*	
Corny, Müsli-Riegel, *Schwartau*, i. D.	458	20	FK
Cottage Cheese, 20% Fett i.Tr.	108	4	E
Country-Cookies, Nuss, *Bahlsen*, 1 Packung	639	31	FK
Courgettes	19	0,4	MV
Courgettes, 500 g Einkauf	83	1,7	MV
Crabmeat (Dose)	95	2	E
Cräcker	475	19	FK
Cranberry	35	0,7	MV
Crema di Yoghurt, versch. Sorten, *Müller*, i. D.	133	5,5	K
Crema Stracciatella, *Dr. Oetker*	420	7,7	K
Crème de Cacao, 27%, 2 cl	70	0	
Crème de Grand Marnier, 17%, 2 cl	67	0	
Crème de Menthe, 30%, 2 cl	75	0	
Creme Dip, *Löwensenf*	280	24,2	FK
Crème double, *Dr. Oetker*, 1 Becher	510	53,8	F
Crème double, 1 EL	153	16	F
Crème fraîche, *Dr. Oetker*, 150 g	446	45,3	F
Crème fraîche, *Dr. Oetker*, 1 EL	134	14	F
Crème fraîche, Knoblauch, *Dr. Oetker*, 1 Becher	356	36	F
Crème fraîche, Kräuter, *Dr. Oetker*, 1 Becher	352	34,9	F
Creme Pudding versch. Sorten, *Ehrmann*	121	3,0	K
Cremighurt, *Ehrmann*	143	7,0	K
Crevetten	96	1,5	E
Croissant	95	6	FK
Croissini, *Bahlsen*	518	26	FK
Crunchips, *Lorenz*, 1 Packung	1310	85	FK
Crunch-Vollmilch	530	28	FK
Cuba libre (2 cl Rum, 0,2 l Cola)	162	0	
Cumberland Sauce, 1 EL	40	1	K
Curacao blue, 30%, 2 cl	75	0	
Curryhuhn, *Du darfst*, 1 Portion	359	11	EK
Curryketchup, *Develey*	76	0,2	K
Currypulver, 1 TL	3	*	
Curry Sauce, Feinschmecker, *Knorr*, 1/4 l	203	10	F
Currysoße, *Maggi*, 1/4 l	110	3,1	K
Currywurst, 1 Portion	324	24	F
Curuba	67	0,4	V
Cyclamat	0	0	
Cynar, *Bols*, 4 cl	100	0	

D

	kcal	Fett(g)	Nw
Daim, 1 Stück	154	9	FK
Daiquiri, 5 cl	85	0	

Nw = *Nährwerte*, **E** = *viel Eiweiß – bevorzugt essen*, **F** = *viel Fett – vorsichtig essen*
K = *viele Kohlenhydrate – überlegt essen*, **M** = *viele Mineralstoffe – bevorzugt essen*
V = *viele Vitamine – bevorzugt essen*, **B** = *Ballaststoffe – gezielt essen*

D

	kcal	Fett(g)	Nw
Dalmatia-Salat, *Kühne*	37	0,2	K
Damhirsch	122	3	E
Danablu, 50% Fett i.Tr.	413	40	EF
Danino, *Danone*	135	6	F
Danone & Frucht	103	2,9	K
Danone & Frucht Diät, *Danone*	44	0,3	K
Dany Sahne Diät Vanille, *Danone*, 125 g	84	3,6	K
Dany Sahne, versch. Sorten, *Danone*, 125 g, i.D.	155	7,5	K
Dany Sahne Schoko + Schlemmersauce, *Danone*, 150 g	183	7	K
Danziger Goldwasser, 38%, 2 cl	75	0	
Dattelmark, 1 EL	40	*	K
Datteln, frisch	267	0,1	MV
Datteln, frisch, 1 Stück, 15 g	40	*	MV
Datteln, getrocknet	305	0,5	BK
Datteln, getrocknet, 1 Stück, 7 g	21	*	BK
Datteln mit Stein, *Alnatura*	273	0,5	K
Dauerhefe, 7 g	7	*	
Debrecziner, 1 Paar, i.D.	648	60	F
Debrecziner, *Höhenrainer*	203	15	F
Deit, Diätlimonade (Orange), 0,2 l	6	0	
Dekor Konfetti, *Schwartau*	423	5	K
Delikatess-Knäckebrot, 1 Scheibe	30	0,1	K
Delikatess-Leberwurst, *Höhenrainer*	334	30	F
Delikatess-Mayonnaise, *Thomy*, 1 EL	86	9,3	F
Desserts, s. einzelne Sorten			
Dessert plus Sahne, *Ehrmann*, i.D.	105	2,6	K
Dessert Sauce, versch. Sorten, *Zentis*, i.D.	270	1,8	K
Dessert Saucen, *Schwartau*, i.D.	206	2,3	K
Dessertwein, 5 cl	80	0	
Dextro Energen, 1 Täfelchen	21	0	K
Dextro Energen mit Calcium, 1 Würfel	169	*	K
Dextro Energen Eis, 1 Würfel	180	1	K
Dextro Energen activ, 1 Stange, i.D.	170	*	K
Dextropur, 1 TL	18	0	K
Dezaley, 0,25 l	166	0	
Diabetikerbier, 0,25 l	102	0	
Diabetikerkonfitüren, *Schneekoppe*, 1 TL, i.D.	17	*	K
Diabetiker-Naschwaffel, *Dr. Oetker*, 1 Stück	94	4,5	FK
Diabetikerpflaumenmus, 1 TL	16	*	K
Diabetikerschokoladen, *Schneekoppe*, i.D.	553	37	FK
Diabetiker-Sirup, *Schneekoppe*, 1 EL	60	0	K
Diabetiker-Süße, *Schneekoppe*, 1 EL	48	0	K
Diabetikerweine, 0,25 l, i.D.	165	0	
Diabetikerzucker	400	0	K
Diabetikerzucker, *Schneekoppe*, 1 EL	80	0	K

D

	kcal	Fett(g)	Nw
Diät-Altbier, 0,33 l	135	0	
Diät-Apfelkuchen, *Coppenrath & Wiese*, 1 Stück	116	5,4	FK
Diät Aprikosen-Keks, *3 Pauly*	439	21	FK
Diätaromat	0	0	
Diät-Auslese-Gebäckmischung, *Schneekoppe*	515	28	FK
Diät-Becher, Erdbeer, *Schöller*, 1 Becher	73	2,2	K
Diät Butter-Brezeln, *3 Pauly*	469	23	FK
Diät Choco Leibniz Vollmilch, *Bahlsen*	509	27,1	K
Diät Comtess Marmorkuchen, *Bahlsen*	405	22,3	K
Diät-Creme, Dessert, versch. Sorten, *Ehrmann*, i. D.	76	2,4	K
Diät-Doppelkeks, *Schneekoppe*	495	24	FK
Diät-Doppelkeks, gefüllt, *Schneekoppe*, 1 Stück	86	4	FK
Diät-Dotterfrei Pulver, *Becel*, 1 Portion, 12,5 g	72	5	F
Diät-Eiergebäck, *Schneekoppe*, 1 Stück	20	1,2	FK
Diät-Erdbeer-Sahne-Schnitte, *Coppenrath & Wiese*, 1 Stück	132	10	FK
Diät-Frucht-Buttermilch Multi-Vitamin, *Müller*	42	0,5	E
Diätgebäck, versch. Sorten, *Veelmann*, i. D.	35	1,8	FK
Diätgebäck, Zwieback, *Veelmann*, 1 Stück	32	0,5	K
Diät Gebäckmischung »Tradition«, *Veelmann*	520	30	FK
Diät-Gelee, Waldbeere, *Schwartau*, 1 TL	18	0,1	K
Diät Gelier-Fruchtzucker, *Dr. Oetker*	390	0	K
Diät Halbbitter Schokolade, *Ritter Sport*	446	32	FK
Diät-Haselnussgebäck, *Schneekoppe*, 1 Stück	30	1,8	FK
Diät Haselnuss Keks, *3 Pauly*	463	23	FK
Diät Joghurt Schokolade, *Ritter Sport*	498	37	FK
Diät Joghurt, *Müller*, i. D.	67	2,7	EF
Diät-Konfitüre Extra versch. Sorten, *Zentis*, 1 TL	11	*	K
Diät-Konfitüren, 1 TL, i. D.	20	*	K
Diät-Kurmolke, *Heirler*, 0,2 l	64	*	
Diät Leibniz Butterkeks, *Bahlsen*	430	10,2	K
Diät-Mandelstäbchen, *Schneekoppe*, 1 Stück	32	2,1	FK
Diätmargarine, s. u. Produktnamen			
Diät Mini Pauly's, *3 Pauly*	475	23	FK

Nw = *Nährwerte*, **E** = *viel Eiweiß – bevorzugt essen*, **F** = *viel Fett – vorsichtig essen*
K = *viele Kohlenhydrate – überlegt essen*, **M** = *viele Mineralstoffe – bevorzugt essen*
V = *viele Vitamine – bevorzugt essen*, **B** = *Ballaststoffe – gezielt essen*

D

	kcal	Fett(g)	Nw
Diät-Müslikeks mit Fruchtzucker, *Schneekoppe*, 1 Stück	29	1,2	FK
Diät-Müsli-Riegel, *Sionon*, 1 Stück	94	2,3	
Diät-Müsli-Riegel, *Veelmann*, 1 Stück	76	2,2	
Diät Nugat Schokolade, *Ritter Sport*	468	34	FK
Diät-Nuss-Nougat-Creme, *Schneekoppe*	570	36,5	FK
Diätobst mit Fruchtzucker, i. D.	80	*	K
Diätöl, s. a. einzelne Sorten und Produktnamen			
Diät Ohne Gleichen, Vollmilch, *Bahlsen*	567	37,8	K
Diät Pfefferminz Creme Schokolade, *Schneekoppe*	455	25	K
Diätpils, 0,33 l	107	0	
Diät-Quark Frucht, *Ehrmann*	103	4,6	EK
Diätquark, versch. Sorten, *Exquisa*, 150 g	114	3,9	EF
Diät-Sahnetorte, versch. Sorten, TK, *Bofrost*, i. D.	257	19,2	FK
Diät-Schokogebäck, *Schneekoppe*, 1 Stück	21	1	FK
Diät-Sirup, *Schneekoppe*	300	0	K
Diät-Sirup, *Schneekoppe*, 1 EL	60	0	K
Diät-Spekulatius, 1 Stück, i. D.	25	1	FK
Diät-Süße, 1 TL, i. D.	24	0	K
Diät-Süße Fruchtaufstrich, *Schneekoppe*, 1 TL	24	0	K
Diät-Vanille-Creme-Waffeln, *Veelmann*, 1 Stück	33	1,8	FK
Diät-Vanille-Kipferl, *Schneekoppe*, 1 Stück	53	3,2	FK
Diät-Vollkorn-Weizenkeks, *Veelmann*, 1 Stück	30	1,6	FK
Diät-Vollmilch-Schokolade, *Ritter Sport*	462	31	FK
Diät-Vollmilch-Nuss-Schokolade, *Veelmann*	575	40	FK
Diät-Vollmilch-Schokolade mit Café-Creme, *Veelmann*	570	38	FK
Diät-Vollmilch-Schokolade mit Erdbeer-Soufflé gefüllt, *Veelmann*	565	38	FK
Diät-Waffelblätter, *3 Pauly*	529	33	FK
Diät-Würzmittel, *Alevita*, 1/2 TL	4	0	
Diätzucker-Sorbit, *Holex*	390	0	K
Diät-Zitronen-Creme-Waffeln, *3 Pauly*	559	35	FK
Diät-Zitronen-Sahne-Schnitte, *Coppenrath & Wiese*, 1 Stück	120	12	FK
Diät-Zwieback mit Fruchtzucker, *Schneekoppe*, 1 Stück	28	0,4	
Dicke Bohnen, TK, *Bofrost*	77	0,5	KV

D

	kcal	Fett(g)	Nw
Dickmann, 1 Stück	102	2,5	K
Dickmann, mini, 1 Stück	35	1,4	K
Dickmilch, 3,5%, *Müller*, 150 g	102	5,2	EF
Dickmilch, fettarm, 1,5%	48	2	E
Dickmilch, mit Frucht, fettarm	78	2	E
Dickmilch, mit Frucht, 3,5%	99	6	EF
Dickmilch, Sahne-, mit Frucht	149	11	EF
Dickmilch, Sahne-, 10%, *Müller*, 150 g	184	15	EF
Dijon-Senf, *Hengstenberg*	123	8,4	
Dill, frisch, 1 Bund	5	*	V
Dill, TK, *Iglo*, 25 g	17	1	V
Dillgurke	25	0,2	
Dinkel Hafer-Taler, *3 Pauly*	475	23	FK
Dinkelkeks, *3 Pauly*	492	28	FK
Dinkelmehl	325	5	
Dinkel Schoko-Gebäck, *3 Pauly*	483	23	FK
Dinkel Spaghetti, *3 Pauly*, roh	335	3,4	K
Dinkel Teigwaren, *3 Pauly*, roh	349	2	K
Dinkel Zwieback, *3 Pauly*	389	9	K
Dipperlinge, TK, *Bofrost*	139	6,2	E
Dip-Soße, TK, *Bofrost*	278	26	F
Distelöl, *Schneekoppe*	828	92	F
Distelöl, *Vitaquell*	819	91	F
Distelöl, *Vitaquell*, 1 EL	82	9	F
Distelöl, *Vitaquell*, 1 TL	25	3	F
Distelöl Färber, *Huxol*	895	99	F
Dörrobst, gemischt	236	0,6	B
Dörrzwetschgen, 6 Stück, 40 g	94	0,2	B
Dominosteine, Vollkorn, *3 Pauly*	424	16	FK
Domtaler, *Sionon*, 1 Stück	74	4,7	FK
Donuts, 1 Stück	295	17	FK
Donauwelle, TK, *Bofrost*, 1 Stück	372	22	FK
Donauwellentorte, *Coppenrath & Wiese*, 1 Stück	256	15	FK
Doornkaat, 38%, 2 cl	42	0	
Doppelkorn, 38%, 2 cl	44	0	
Doppelrahmfrischkäse, 60% Fett i.Tr., 1 EL, i.D.	50	5	F
Doppelrahmfrischkäse, Paprika, 60% Fett i.Tr., 1 EL, i.D.	50	5	F
Doppelwacholder, 38%, 2 cl	42	0	
Dorahm, Schmelzkäse, *Kraft*, 1 Ecke, 62,5 g	213	20	F
Dornhai	130	1	E
Dorsch	83	0,3	E
Dorsch, 200 g Einkauf	112	0,4	E
Dorsch in Senfsoße, TK, *Eismann*	83	3	E
Dorsch, getrocknet	361	1,4	E
Dorschrogen	120	2,5	E
Dosenmilch, 7,5%, 1 TL	7	*	F
Dosenmilch, 10%, 1 TL	9	*	F

Nw = Nährwerte, E = viel Eiweiß – bevorzugt essen, F = viel Fett – vorsichtig essen
K = viele Kohlenhydrate – überlegt essen, M = viele Mineralstoffe – bevorzugt essen
V = viele Vitamine – bevorzugt essen, B = Ballaststoffe – gezielt essen

D

	kcal	Fett(g)	Nw
Dosenwürstchen, *Du darfst*	195	15	EF
Dresdner Stollen	410	20	FK
Drops, s. a. Bonbons			
Drops, 1 Stück, i.D.	20	0	K
Dubonnet, 5 cl	60	0	
Dunkle Voll-Nuss, *Ritter Sport*	551	40	FK
Duplo, 1 Stück	98	6	FK
Durian	90	2	MV

E

	kcal	Fett(g)	Nw
Eberesche, süß	87	0	V
Edamer, 30% Fett i.Tr., *Karwendel*	265	17	F
Edamer, 40% Fett i.Tr.	322	24	F
Edamer, 40%, 20 g	64	4,5	F
Edamer, 45% Fett i.Tr.	371	30	F
Edamer, *Du darfst*	265	17	F
Edelbitterschokolade	540	32	FK
Edelbitterschokolade, 1 Kästchen	25	1,5	FK
Edelhefe-Tabletten, pro 15 Tabletten	20	0,1	MV
Edel-Marzipan Eier/ Brote, versch. Sorten, *Zentis*, i. D.	446	21,6	FK
Edelpilzkäse, 50% Fett i.Tr.	368	30	F
Edelpilz-Sauce, *Knorr*, 1/4 l	201	15	F
Edelzwicker, 0,25 l	150	0	
Edle Pralinen-Auslese, *Schneekoppe*	500	31	FK
Egerlinge	15	0,2	
Egerlinge, 500 g Einkauf	75	1	
Eggnogg, 0,1 l	280	0	
Ei, 1 Stück, 55–60 g	84	6	F
Ei-Ersatz, 1 Portion	61	4,7	K

	kcal	Fett(g)	Nw
Eichblattsalat	18	0,3	V
Eierfrucht, 1 Stück, 250 g	53	0,6	
Eiergebäck, *Schneekoppe*, 1 Stück	20	1,2	FK
Eiergrog, 0,2 l	300	0	
Eierlikör, 20%, 2 cl	50	0	
Eierlikör Trüffel, *Ritter Sport*	527	30	FK
Eiermuschelsuppe, *Maggi*, 1 Teller	51	1,2	
Eiernudeln »7 Hühnchen«, *Birkel*	350	2	K
Eierpflaume, 1 Stück	49	0,2	V
Eiersalat, *Du darfst*	156	11	FK
Eiersalat	250	18	F
Eierschwammerl	17	0,4	
Eierschwammerl, 500 g Einkauf	70	1,6	
Eierschwammerl (Dose)	34	1	
Eierspätzle, TK, *Eismann*	180	4	K
Eierteigwaren, s. a. Nudeln			
Eierteigwaren, i. D.	360	2	K
Eigelb, mittelgroß, 19 g	68	6	F
Einmachhilfe, *Dr. Oetker*, 1 Packg.	23	0	
Eipulver, dotterfrei, *Becel*, 12,5 g	72	4,9	F
Eipulver, Trockenvollei, 1 EL, 10 g	60	4	F
Eis, die verschiedenen Sorten:			
After-Eight-Torte, *Motta*, 750 ml	193	11	FK
Beach Cola, *Schöller*, 1 Stück	129	0	K
Big Schoko, *Bofrost*, 1 Stück	274	18,4	FK
Big Sandwich, *Schöller*, 1 Stück	157	7	FK

E

	kcal	Fett(g)	Nw
Birne Helene, Mini, *Mövenpick*, 1 Stück	225	11,7	FK
Bottermelk, Zitrone, *Langnese*, 1 Stück	207	9,7	FK
Bounty, 1 Stück	169	12	FK
Bratapfeleis, *Bofrost*	224	11,5	FK
Brauner Bär, *Langnese*, 1 Stück	116	6,3	FK
Calippo Cola, *Langnese*, 1 Stück	87	0	K
Capri, *Langnese*, 1 Stück	53	0,1	K
Caretta-Orange, *Schöller*, 1 Stück	59	0	K
Caribic, *Motta*, 1 Stück	171	8	FK
Citronensorbet, *Mövenpick*	123	0,3	K
Choc Diabetiker, *Eismann*, 1 Stück	166	11,9	FK
Classic Banana Split, *Schöller*	209	10,4	K
Cornetto Erdbeer, *Langnese*, 1 Stück	232	8,9	FK
Cornetto Haselnuss, *Langnese*, 1 Stück	248	13,5	FK
Cornetto Royal Schokolade/Walnuss, *Langnese*, 1 Stück	341	18,8	FK
Cremissimo Creme Trüffel, *Langnese*	153	6,6	FK
Cremissimo Joghurt Waldfrucht, *Langnese*	221	10,6	FK
Cremissimo Stracciatella, *Langnese*	241	11,3	FK
Crispy, Manhattan, *Schöller*, 1 Stück	202	11	FK
Cuja Mara Split, *Langnese*, 1 Stück	98	3	K

	kcal	Fett(g)	Nw
Dame Blanche, *Bofrost*	249	9,5	FK
Diät-Becher, 1 Stück, i. D.	73	2	K
Diäteis, Nasch-Becher Erdbeer Vanille, *Dr. Oetker*	180	1,7	K
Diäteis, Nasch-Becher Schoko Vanille, *Dr. Oetker*	192	1,7	K
Domino, *Langnese*, 1 Stück	112	8,2	FK
Düsenjäger, *Dr. Oetker*, 1 Stück	49	0,05	K
Eiscremekonfekt Vanille-Bourbon, *Bofrost*, 1 Stück	23	1,7	FK
Eis, Eis, Eis Verpoorten, *Bofrost*	269	13	FK
Eis-Truffeaux, *Bofrost*	189	12,6	FK
Erdbeereis, Landliebe, *Dr. Oetker*	199	8,9	FK
Erdbeer-Sahne, *Eismann*	201	9	FK
Feines Eisdessert, versch. Sorten, *Dr. Oetker*, 1 Portion i. D.	123	6,9	FK
Fürst Pückler, *Natreen*	114	4	FK
Frucht-, 1 Kugel, 75 g	105	1	K
Fruchtgummi-Eis, *Eismann*, 1 Stück	72,6	0	
Happen, *Langnese*	92	3,7	FK
Jimmy o, *Motta*, 1 Stück	33	*	K
Joghurteis, sahniges, Landliebe, *Dr. Oetker*	124	5,9	FK

Nw = *Nährwerte*, **E** = *viel Eiweiß – bevorzugt essen*, **F** = *viel Fett – vorsichtig essen*
K = *viele Kohlenhydrate – überlegt essen*, **M** = *viele Mineralstoffe – bevorzugt essen*
V = *viele Vitamine – bevorzugt essen*, **B** = *Ballaststoffe – gezielt essen*

E

	kcal	Fett(g)	Nw
Kaktus, *Schöller*, 1 Stück	71	1,3	K
Kluten, *Motta*	149	10	FK
Langnese Konfekt, Packung	227	17,2	FK
Lemon Vanilla, Manhatten, *Schöller*	150	3,4	FK
Load! Frozen Cherry, *Schöller*, 1 Stück	136	4,3	K
Magnum Classic, *Langnese*, 1 Stück	282	17,3	FK
Magnum Mandel, *Langnese*, 1 Stück	316	20,4	FK
Mandelkrokant, *Langnese*	227	11,3	FK
Maple Walnuts, *Mövenpick*, 1 Stück	333	19	FK
Mars	243	15	FK
Milch-, 1 Kugel, 75 g	155	9	FK
Milky Way, Riegel	115	7	FK
Mini Milk Vanille, *Langnese*, 1 Stück	33	0,7	K
M&M's Hörnchen	226	12	FK
Nasch-Schokkos, Diabetiker, *Dr. Oetker*	158	11	FK
Natreen, versch. Sorten, i. D.	107	5	FK
Nestea, *Motta*, 1 Stück	49	0	K
Nogger Choc, *Langnese*, 1 Stück	308	23,9	FK
Nogger Original, *Langnese*, 1 Stück	225	15,9	FK
Nucki Erdbeer, *Schöller*, 1 Stück	189	7,6	FK
Nußknacker, *Dr. Oetker*, 1 Stück	141	9,6	FK
Pecan Nut's Kick, *Mövenpick*	244	14	FK
Pirulo Magic, *Motta*, 1 Stück	84	*	K
Pop Orange, *Schöller*, 1 Stück	94	4	FK
Sahne-, 1 Kugel, 75 g	155	9	FK
Schokoladen-, 1 Kugel, 75 g	200	10	FK
Schwarzwald Royal, *Langnese*, 500 ml	538	23	FK
Smarties Pop Up, *Motta*, 1 Stück	129	5	FK
Snickers	183	12	FK
Soft-, Frucht, 1 Portion, 50 g	50	3	FK
Soft-, Milch, 1 Portion, 50 g	70	4	FK
Solero, Exotic, *Langnese*, 1 Stück	113	3,5	K
Spaghetti-Eis-Becher, *Eismann*	154	7,2	K
Strawberry Vanilla Manhatten, *Schöller*	178	6,7	FK
Vanille-, 1 Kugel, 75 g	150	9	FK
Viennetta, versch. Sorten, *Langnese*, i. D.	253	16	FK
Walnuss-Trüffel, Royal, *Langnese*	213	11	FK
Wellness Lemon, *Motta*	23	0	K
Eisbein, hinteres	191	13	EF
Eisbein, vorderes	171	10	EF
Eisbeinfleisch in Aspik	85	2	
Eisbergsalat	13	0,3	V
Eisbergsalat, 500 g Einkauf	55	1,3	V
Eiskaffee, 0,2 l	375	32	FK
Eiskaffee Frappé, *Nestlé*, zubereitet mit Milch, 0,2 l	186	7	FK
Eismeer-Krabben	80	1	E
Eisschokolade, 0,2 l	585	32	FK
Eistee	64	0	
Eistee, *Natreen*, 0,2 l	24	0	
Eiswaffel, »Noch eine«, *Bahlsen*, 1 Stück	19	1	FK

E

	kcal	Fett(g)	Nw
Eiswaffeltüte, 1 Stück, i. D.	40	1	K
Eiswein, 0,25 l	320	0	
Eiweiß, mittelgroß, 33 g	16	*	E
Eiweiß-Drink, *Dr. Ritters*	75	0	E
Elchfleisch	130	4	E
Eliche, *Buitoni* (roh)	362	1,7	K
Elisenlebkuchen	380	15	FK
Elisenlebkuchen mit Schokolade	410	19	FK
Elsässer Flammküchle, TK, *Bofrost*	273	15,2	FK
Emmentaler, *Hofmeister*	384	30	F
Emmentaler, 45% Fett i.Tr., *Karwendel*	382	30	F
Emmentaler, Scheibletten, 45% Fett i.Tr., *Kraft*, 1 Scheibe, 20 g	59	5	F
Endiviensalat	17	0,2	MV
Energie-Plus, Traubenzuckertabletten, *Hipp*, 1 Stück	13	0	K
Ente	243	18	EF
Entenbrustfilet, mariniert, TK, *Bofrost*	208	15,2	EF
Entenei, 1 Stück	198	15	EF
Entenfleisch mit Bouillonkartoffeln, *Du darfst*, 1 Portion	296	8	EK
Entenleber-Pâté	313	30	F
Entenpfanne, TK, *Bofrost*	285	25	EF
Entrecôte	126	5	EF
Epifin, 1 TL	18	0	K

	kcal	Fett(g)	Nw
Erbsen, grün	70	0,5	BV
Erbsen, grün, 500 g Einkauf	158	1	BV
Erbsen, grün, *Bonduelle*	73	0,7	BV
Erbsen, Hülsenfrucht	269	1,4	BV
Erbsen mit Möhrchen, *Bonduelle*	48	0,4	B
Erbsen und Karotten (Dose oder Glas)	47	0,7	B
Erbsen und Karotten, TK, *Bofrost*	52	0,3	B
Erbsenpüree, *Pfanni*, 1 Portion	95	1	K
Erbsensuppen-Eintopf, TK, *Bofrost*, 1 Teller	88	4,1	K
Erbsentopf mit Speck, *Maggi*, 1 Portion	304	12,7	FK
Erbswurst gelb, mit Speck, *Knorr*, 1 Teller	85	4	F
Erbswurst grün, mit Räucherspeck, *Knorr*, 1 Teller	70	2	F
Erdäpfel	70	0,1	V
Erdäpfel, 1000 g Einkauf	560	0,8	V
Erdartischocke	30	0,4	V
Erdartischocke, 500 g Einkauf	104	1,4	V
Erdbeerbowle, 0,25 l, i. D.	250	0	
Erdbeeren	32	0,4	V
Erdbeeren (Dose)	77	0,2	
Erdbeeren-Fruchtaufstrich, *Schwartau*, 1 TL	17	0,1	K

Nw = *Nährwerte*, **E** = *viel Eiweiß – bevorzugt essen*, **F** = *viel Fett – vorsichtig essen*
K = *viele Kohlenhydrate – überlegt essen*, **M** = *viele Mineralstoffe – bevorzugt essen*
V = *viele Vitamine – bevorzugt essen*, **B** = *Ballaststoffe – gezielt essen*

E

	kcal	Fett(g)	Nw
Erdbeer-Joghurt-Schokolade, *Schneekoppe*	565	37	FK
Erdbeer-Joghurt, *Ritter Sport*, Mini 40 g	229	15,2	FK
Erdbeerkonfitüre, mit Fruchtzucker, kalo-arm, *Lihn*, 1 TL	17	*	K
Erdbeerkonfitüre, *Schneekoppe*, 1 TL	17	*	K
Erdbeer-Sahne Bonbon, *Schneekoppe* Diät	278	7	K
Erdbeertomate	17	0,2	V
Erdnüsse	597	49	FV
Erdnüsse, geröstet und gesalzen, *Lorenz*	638	51	F
Erdnüsse, ohne Fett geröstet, *Ültje*, 25 g	140	11	F
Erdnüsse, würzig und pikant, *Lorenz*	624	48	F
Erdnussbutter	630	50	EF
Erdnusscreme, 1 TL	63	5	EF
Erdnussflips, *Chio*	489	24	FK
Erdnussflips, 1 EL	50	2	FK
Erdnussflocken, *Lorenz*, 10 g	49	2	FK
Erdnusskerne	597	49	FV
Erdnusskerne, 8 Stück	94	8	FV
Erdnussmus, *Granovita*, 1 TL	50	9	EF
Erdnussöl, *Vitaquell*	819	91	F
Erdnussöl, 1 EL	82	9	F
Erdnussplätzchen, *Schneekoppe*, Diät	476	26	FK
Erfrischungsstäbchen, 1 Packung	257	7	K
Escorial grün, 56%, 2 cl	80	0	
Eselsmilch, 0,25 l	108	3	E
Eskariol	17	0,2	V
Eskariol, 500 g Einkauf	66	0,8	V
Espresso	0	0	
Espresso mit Zucker, 1 Tasse	26	0	K
Essig, 6% Säure	18	0	
Essig, 1 EL	4	0	
Esskastanien	196	2	B
Esskastanien, 8 Stück	95	1	B
Estragon, gehackt, 1 EL	5	*	V
Eszet Schnitten, Vollmilch	398	23	FK
Exportbier, 0,5 l	235	0	
Express-Reis Langkorn, *Uncle Ben's*	134	0,8	K
Exquisa Drink, versch. Sorten, i. D.	61	0,1	
Exquisit Rotisseur Senf, *Hengstenberg*	165	12,2	F
Extra leicht Joghurt, *Danone*, 125 g	55	0,4	E

F

	kcal	Fett(g)	Nw
Fadennudeln	175	1	K
Fagottini Basilico & Ricotta, *Buitoni* Fresco, 125 g	381	11	K
Fanfare, Waffelröllchen, 1 Stück	32	2	FK
Fanta Orange, 0,2 l	70	0	
Fanta light, 0,2 l	15	0	
Farfalle, *Buitoni* (roh)	362	1,7	K
Farfalle tricolore, *Buitoni* (roh)	352	1,9	K
Farinzucker	396	0	K
Farmers Gemüse, TK, *Iglo*, 300 g	108	0,6	MV
Farmer Salat, *Du darfst*	108	7,5	K

F

	kcal	Fett(g)	Nw
Fasan	170	3	E
Fastentrank, *Schoenberger*, 0,1 l	28	0	
Federkohl	37	0,9	V
Federkohl, 500 g Einkauf	224	5	V
Feigen, frisch	61	0,5	MV
Feigen, frisch, 1 Stück, 60 g	37	0,3	MV
Feigen, getrocknet	242	1,3	BK
Feigen, getrocknet, 1 Stück, 15 g	36	0,2	BK
Feigen, kandiert	296	0,2	K
Feine Scholle »Sylter Art«, TK, *Iglo*	229	13	EF
Feine Conditor-Auswahl, *Coppenrath & Wiese*	274	16,3	FK
Feinkostsoße zum Braten, *Knorr*, 1/4 l	109	4	F
Feinschmecker Kartoffelnudeln, *Birkel*	375	3	K
Feinschmecker Müsli mit Cranberries und Kürbiskernen, *Kölln*	357	6,9	BK
Feinste Sahne-Marzipan-Torte, *Coppenrath & Wiese*	324	17,6	FK
Felchen	108	5	EF
Felchen, 200 g Einkauf	146	7	EF
Feldsalat	14	0,4	MV
Fenchel	24	0,3	MV
Fenchel, 500 g Einkauf	96	1,2	MV
Fenchelkraut	20	*	
Fendant, 0,25 l	167	0	

	kcal	Fett(g)	Nw
Ferrero Küsschen, 1 Stück, *Ferrero*	53	4	FK
Ferrero Rocher, 1 Stück, *Ferrero*	72	5	FK
Fertigpudding, s. einzelne Sorten			
Fetaki, *Mang Käsewerk*	220	17	EF
Feuerzangenbowle, 0,25 l	400	0	K
Filegro in Kräutersauce, TK, *Iglo*	114	6	EF
Filegro Müllerin Art, TK, *Iglo*	143	7	EF
Filet, Kalb	104	1,5	E
Filet, Rind	126	5	EF
Filet, Schwein	105	2	E
Finesse Lachsschinken, *Herta*, 30 g	39	1	K
Finesse Schinken, versch. Sorten, *Herta*, 30 g	100	2	K
Finocchio	49	0	V
Finocchio, 500 g Einkauf	227	0	V
Fischfilet »St. Tropez«, TK, *Eismann*	100	4	EF
Fischfilet Finkenwerder Art, TK, *Bofrost*	136	9,5	EF
Fisch-Frikadelle, TK, *Iglo*	134	2	EF
Fischfrikadellen, TK, *Frosta*	141	1,3	K
Fischpfanne Francaise, TK, *Frosta*	62	0,5	EK
Fischpfanne Alaska, TK, *Eismann*	78	2	EK
Fischstäbchen, TK, *Iglo*	182	7	F

Nw = *Nährwerte*, **E** = *viel Eiweiß – bevorzugt essen*, **F** = *viel Fett – vorsichtig essen*
K = *viele Kohlenhydrate – überlegt essen*, **M** = *viele Mineralstoffe – bevorzugt essen*
V = *viele Vitamine – bevorzugt essen*, **B** = *Ballaststoffe – gezielt essen*

F

	kcal	Fett(g)	Nw
Fischsticks in Backteig, TK, *Iglo*	218	14	F
Fish & Chips »Sweet Hot Dip«, TK, *Frosta*	191	6,8	FK
Fisolen	33	0,3	V
Fisolen, 500 g Einkauf	158	1,4	V
Fitness, *Nestlé*, 30 g m. entrahmter Milch	149	1	K
Fitness & Fruit, *Nestlé*, 40 g m. entrahmter Milch	200	3	K
Fix für Bologneser Gratin, *Maggi*, 1 Beutel	118	2,3	K
Fix für Braten, *Maggi*, 1 Beutel	172	8,6	FK
Fix für Broccoli-Gratin, *Maggi*, 1 Beutel	182	9,9	FK
Fix für Chili con Carne, *Maggi*, 1 Beutel	118	2,3	K
Fix für China-Pfanne, *Maggi*, 1 Beutel	149	3,3	K
Fix für Gemüse-Lasagne, *Maggi*, 1 Beutel	174	6,9	FK
Fix für Gulasch, *Maggi*, 1 Beutel	209	12	FK
Fix für Ungarisches Gulasch, *Maggi*, 1 Beutel	174	7,9	FK
Fix für Hackbraten, *Maggi*, 1 Beutel	373	11	FK
Fix für Hackfleisch-Nudelpfanne, *Maggi*, 1 Beutel	114	3,7	FK
Fix für Käse-Spätzle, *Maggi*, 1 Beutel	154	10,1	FK
Fix für Lasagne, *Maggi*, 1 Beutel	171	5,3	FK
Fix für Pfannengerichte chinesisch süß-sauer, *Uncle Ben's*	90	0	K
Fix für Pfannen-Gyros, *Maggi*, 1 Beutel	255	17	K
Fix für Putengeschnetzeltes, *Knorr*, 1 Beutel	196	11	FK
Fix für Rouladen, *Maggi*, 1 Beutel	154	6,5	FK
Fix für Sauerbraten, *Knorr*, 1 Beutel	181	8	F
Fix für Schweinebraten, *Knorr*, 1 Beutel	173	6	F
Fix für Spaghetti Bolognese, *Knorr*, 1 Beutel	175	8	F
Fix für Spaghetti Napoli, *Maggi*, 1 Beutel	176	5	K
Fix für Würstchen-Gulasch, *Knorr*, 1 Beutel	145	4	K
Fix für Zucchini-Pfanne Toscana, *Knorr*, 1 Beutel	169	5	K
Fix für Zucchini-Moussaka, *Maggi*, 1 Beutel	120	3	K
Fix für Zwiebel-Sahne-Hähnchen, *Maggi*, 1 Beutel	99	2,6	K
Fladenbrot, Vollkorn	185	2	B
Flädle-Suppe, *Knorr*, 1 Teller	99	6	F
Flana Puddingpulver, versch. Sorten, *Dr. Oetker*, 1 Portion, i. D.	105	3,2	K
Fleckhering	241	20	F
Fleisch, s. einzelne Tierarten			
Fleischbrühe, gekörnt, 1/4 l	10	0,5	F

F

	kcal	Fett(g)	Nw
Fleischextrakt, 1 TL	15	1	EF
Fleischkäse	268	23	F
Fleischkäse, Truthahn-	154	10	EF
Fleischkäse Stuttgarter Art, *Höhenrainer*	154	10	EF
Fleischklößchen, TK, *Bofrost*	225	17	EF
Fleischklößchen-Suppe, *Maggi*, 1 Teller	60	1,6	
Fleischpastete, i.D.	380	25	F
Fleischpastete, Truthahn-, *Höhenrainer*, i.D.	230	19	EF
Fleischrotwurst	425	36	F
Fleischsalat, i.D.	360	20	F
Fleischsalat, *Du darfst*	217	19	FK
Fleischsalat herzhaft, *Hengstenberg*	330	33,4	FK
Fleischsalat leicht, *Hengstenberg*	197	17,9	K
Fleischsalat mit Kräutern, *Nadler*	302	30	F
Fleischsalat mit Salatmayonnaise, *Nadler*	302	30	F
Fleischsuppe, Instant, 1 Teller	14	1	F
Fleischsuppe, klare, 1 Teller	15	1	F
Fleischsuppe (Würfel), *Knorr*, 1/4 l	18	1,5	F
Fleischwurst, i.D.	317	27	F
Fleischwurst, *Du darfst*	195	15	F
Fleischwurst, Truthahn-, *Höhenrainer*	191	15	EF
Fliederbeeren	40	0	V
Fliederbeersaft, ungesüßt, 0,1 l	38	0	
Flunder	79	0,7	E
Flunder, geräuchert	121	2	E
Flussbarsch	85	1	E
Flussbarsch, 200 g Einkauf	68	0,8	E
Flusskrebse	71	0,5	E
Flusskrebs, 1 Stück, i.D.	30	0,2	E
Focaccia »Pomodori«, TK, *Eismann*	286	10	FK
Foie de canard, Pâté de, 1 EL	65	3	F
Foie d'oie, Pâté de, 1 EL	65	3	F
Foie gras	230	9	F
Foie gras au naturel	250	9	F
Foie gras, Bloc	200	9	F
Foie gras, Mousse de, 1 EL	80	3	F
Fondantwürfel, 1 Stück	60	0	K
Fondor, Streuwürze, *Maggi*, 1/2 TL	0	0	
Fondor, Würze, 1 Würfel, *Maggi*	0	0	
Forelle	112	2,9	E
Forelle, 200 g Einkauf	116	3	E
Forelle, geräuchert	128	3,3	E
Framboise, 2 cl	65	0	
Frankfurter Kranz, 1 Stück	200	12	FK
Frankfurter Würstchen, i.D.	286	24	F
Freiburger Vacherin, 50% Fett i.Tr.	365	40	F

Nw = *Nährwerte,* **E** = *viel Eiweiß – bevorzugt essen,* **F** = *viel Fett – vorsichtig essen*
K = *viele Kohlenhydrate – überlegt essen,* **M** = *viele Mineralstoffe – bevorzugt essen*
V = *viele Vitamine – bevorzugt essen,* **B** = *Ballaststoffe – gezielt essen*

F

	kcal	Fett(g)	Nw
French Dressing, *Kraft*, 1 EL	46	4	F
Freschino, *Champignon*	314	30	F
Friesenkrabben (Dose oder TK)	85	1	E
Frikadelle, *Höhenrainer*	221	13	F
Frikadelle, TK, *Bofrost*, 1 Stück, 75 g	181	12	F
Frikadellen, *Herta*	310	23	FK
Frikassee, Huhn, TK, *Iglo*, 2–3 Portionen	468	21	F
Frischeschale Kräuter, *Du darfst*	191	11	EK
Frischeschale Salami, *Du darfst*	187	11	EK
Frischette, 20% Fett i.Tr., *Adler*	145	5	EF
Frischkäse, Doppelrahmstufe, *Philadelphia*	295	30	EF
Frischkäse, versch. Sorten, *Philadelphia*, i.D.	190	16	EF
Frischkäse, körniger, 20% Fett i.Tr.	108	4	EF
Frischkäse Gemüse, *Du darfst*	130	8	E
Frischkäse m. Buttermilch, *Du darfst*	134	8	E
Frischkäse, Joghurt natur, *Exquisa*	177	15	EF
Frischkäse, versch. Sorten, *Exquisa*, i.D.	301	29	F
Frischkäse, vital, *Exquisa*	122	6	EF
Frischkäse Sahne-Törtchen, *Coppenrath & Wiese*	272	18,5	FK
Friséesalat	17	0,2	V

	kcal	Fett(g)	Nw
Frites, TK, *McCain*	141	4,5	F
Froot Loops, *Kellogg's*, 30 g	174	2,8	K
Frosties, *Kellogg's*, 30 g, m. entrahmter Milch, versch. Sorten, i. D.	169	2,1	BK
Fruchtaufstrich, *Du darfst*, versch. Sorten	132	0	
Fruchtaufstrich Premiere, *Schwartau*, 1 TL	18	*	K
Fruchtaufstrich Vitamin-Frühstück, *Schwartau*, 1 TL	27	*	K
Frucht-Bombe, *Schwartau*, i. D.	323	0	K
Fruchtbonbon, 5 g	18	0	K
Fruchtbuttermilch, *Frischli*, versch. Sorten	54	0	K
Fruchtbuttermilch, *Müller*, i. D.	59	0,4	E
Fruchtbuttermilch, *Weihenstephan*, i. D.	64	0,4	E
Fruchtgummi, versch. Sorten, *Haribo*	340	0	K
Fruchtjoghurt, *Weihenstephan*, i. D.	101	2,8	EF
Fruchtkaltschale, Instant, *Dr. Oetker*, 1 Portion, i.D.	66	0	K
Fruchtkaltschalen, FP, 1 Teller, i.D.	180	0	K
Frucht-Kefir, 1,5%	49	1,5	E
Frucht-Kefir, 10%	145	8	EF
Fruchtkonfitüren, 1 TL, i.D.	20	*	K
Frucht-Kracher, *Haribo*	382	4,2	K

F

	kcal	Fett(g)	Nw
Fruchtnektare, 0,2 l, i. D.	130	0	K
Fruchtquark, versch. Sorten, 20% Fett i.Tr., *Exquisa*, i. D.	130	6	EF
Fruchtquark, versch. Sorten, 0,2% Fett i.Tr., *Exquisa*, i. D.	90	0,2	E
Fruchtsäfte, s. a. einzelne Sorten			
Fruchtsäfte (gesüßt), 0,2 l, i. D.	101	0	K
Fruchtsäfte mit Süßstoff, 0,2 l, i. D.	80	0	K
Fruchtsäfte (ungesüßt), 0,2 l, i. D.	80	0	V
Fruchtsaftgetränke, 0,2 l, i. D.	90	0	K
Fruchtsaftliköre, 20%, 2 cl, i. D.	45	0	K
Fruchtsaftliköre, 30%, 2 cl, i. D.	65	0	K
Fruchtsalat mit Joghurt-Creme	104	3,0	K
Fruchtsirup, 1 EL, i. D.	55	0	K
Fruchtschnitte Orange, *Schneekoppe*	350	8	FK
Fruchtzucker, 1 EL	80	0	K
Fruchtzucker, 1 TL	40	0	K
Fruchtzucker, *Sionon* und *Schneekoppe*	400	0	K
Fruchtzuckerbonbon, 1 Stück	19	0	K
Fruchtzuckerbonbon, *Sionon*	390	0	K
Fruchtzucker-Fruchtaufstrich, Aprikose/Orange, *Veelmann*, 1 TL	17	*	K
Fruchtzucker-Hagebuttenkonfitüre, 1 TL, i. D.	16	*	K
Fruchtzucker-Konfitüre, versch. Sorten, *Veelmann*, 1 TL	17	*	K
Fruchtzucker-Konfitüre, kalorienreduziert, *Lihn*, 1 TL	14	0	K
Fruchtzucker-Pflaumenmus, 1 TL	20	*	K
Fruchtzuckerschokolade, versch. Sorten, i. D.	554	42	FK
Fruchtzwerge, *Danone*	121	3,5	EK
Fruchtzwerge Drink, *Danone*	90	1,7	K
Fruchtzwerge »leicht süß«, *Danone*	111	3,5	K
Fruchtzwerge, »Meine ersten«, *Danone*	133	4,7	K
Früchte-Müsli, *Schneekoppe*	340	3	BK
Früchte-Traum, Quark, *Ehrmann*	146	6,2	FK
Früchte-Traum light, *Ehrmann*	60	1,7	K
Früchte-Vollkorn-Müsli, *Kölln*	349	7	BK
Frühlingsgemüse Reis, Risotteria, *Uncle Ben's*	414	9,8	FK
Frühlingsrolle, TK, 150 g, 1 Stück, i. D.	230	7	FK
Frühlingsrolle, Gemüse, TK, *Dr. Oetker*, 17 g	44	2	FK
Frühlingsrolle, Huhn, TK, *Dr. Oetker*, 17 g	43	2	FK

Nw = *Nährwerte*, **E** = *viel Eiweiß – bevorzugt essen*, **F** = *viel Fett – vorsichtig essen*
K = *viele Kohlenhydrate – überlegt essen*, **M** = *viele Mineralstoffe – bevorzugt essen*
V = *viele Vitamine – bevorzugt essen*, **B** = *Ballaststoffe – gezielt essen*

F

	kcal	Fett(g)	Nw
Frühlingstopf, Minuto, *Birkel*	92	4	K
Frühlingszwiebeln	40	0	V
Frühstücksfleisch, i. D.	133	7	F
Frühstücks-Konfitüre Extra, versch. Sorten, *Zentis*, 1 TL	25	*	K
Frühstücksspeck, gekocht	611	58	F
Frühstücksspeck, kross gebraten, ohne Fett	330	24	F
Frühstücksspeck, roh	658	60	F
Frühstück zum Trinken, Typ Banane, *Schwartau*	233	0	K
Frutin, 1 TL	20	0	
Fruttina-Frucht-Dessert, *Dr. Oetker*, 1 Portion, i. D.	84	0	K
Fruttis Fruchtkörble Diät, *Campina*	44	0,7	K
Fruttis sahnig, *Campina*	123	4,5	K
Fünf-Minuten-Terrine, Linsentopf mit Kartoffeln, *Maggi*, 1 Becher	239	7,2	K
Fünf-Minuten-Terrine, Hühner-Nudeltopf, *Maggi*, 1 Becher	148	2,8	K
Fünf-Minuten-Terrine, Kartoffelbrei mit Röstzwiebeln und Croutons, *Maggi*, 1 Becher	290	16,2	F
Fünf-Minuten-Terrine, Nudeln in Rahmsoße, *Maggi*, 1 Becher	297	12,6	FK

G

	kcal	Fett(g)	Nw
Gala-Pudding, *Dr. Oetker*, 1 Portion, i. D.	113	3,2	K
Galetta-Creme-Dessert, Vanille, *Dr. Oetker*, 1 Portion	107	3	K
Gänsebrust, geräuchert	190	10	F
Gänseleber, s. a. Foie gras			
Gänseleber	230	9	F
Gänselebercreme, 50%, i. D.	400	40	F
Gänselebercreme, 50%, 1 EL	80	8	F
Gänseleber-Pâté	320	12	F
Gänseleber, Stopf-	500	18	F
Gänseleberterrine, 75%, i. D.	600	60	F
Gänseleberterrine, 75%, 1 EL	120	12	F
Gänseschmalz	900	90	F
Gänseschmalz, 1 EL	90	9	F
Gans	395	37	F
Ganze Mandel, *Ritter Sport*	538	36	FK
Garnelen	96	1,5	E
Garnelen, 1 Schwanz, geschält, 39 g	29	0,5	E
Garnelenschwänze	82	1	E
Garnelen, Tiefsee-, TK, *Eismann*	69	1	E
Gartengemüse in Aspik, *Höhenrainer*	49	1	
Gartenkräuterdressing, 1 EL	3	*	
Gartenkresse	33	0,7	MV
Gartenkresse, 1 Kästchen, 25 g	8	0,2	MV
Gartenmelde	15	0,3	V
Gaucho-Peperoni Snack, *Herta*, 50 g	213	18,2	F

G

	kcal	Fett(g)	Nw
Gebäck, s. einz. Sorten, auch Diabetiker			
Gebirgsenzian, 38%, 2 cl	55	1	
Gebrannte Mandeln	600	55	FK
Geflügelbratwurst, *Herta*	132	8	K
Geflügelburger, Bistro, TK, *Iglo*	271	11	FK
Geflügelcreme-Suppe, *Maggi*, 1 Portion	150	11	EF
Geflügel-Dippers im Backteig, TK, *Iglo*	259	15	F
Geflügel-Fleischkäse, *Wiesenhof*	236	20	EF
Geflügelfleischsalat, *Nadler*	288	28	F
Geflügel-Frikadelle, *Wiesenhof*	288	28	F
Geflügelfrikassee, *Herta-Dörffler*	110	6	F
Geflügel-Gelatine, 25 g	60	4	
Geflügelleber-Pâté	294	12	F
Geflügel-Leberwurst, *Du darfst*	262	22	F
Geflügelleberwurst, fein, *Wiesenhof*	230	18	EF
Geflügelleberwurst, grob, *Wiesenhof*	198	14	EF
Geflügelmortadella mit Pistazien, *Du darfst*	195	15	F
Geflügel-Nuggets, *Wiesenhof*	191	7,6	EK
Geflügelsalat, *Du darfst*	154	9,5	FK
Geflügelsalat, Maitre, *Homann*	249	21	F
Geflügelsalat mit Ananas und Mandarinen, *Nadler*	197	17	F
Geflügelschinkenwurst mit Kräutern, *Du darfst*	177	13	EF
Geflügel-Sticks, TK, *Iglo*	218	10	EK
Geflügel-Würstchen	250	20	F
Geflügelwurst, i.D.	200	13	F
Gefrorenes, s. Eis			
Geheimratskäse, 45% Fett i.Tr.	417	28	F
Geiß	185	10	F
Gekochte Klöße, 1 Stück, i.D.	100	0,5	K
Gelatine, 1 Blatt	36	0	E
Gelatine, gemahlen, *Dr. Oetker*, 1 Päckchen	34	0	E
Gelbe Rüben	28	0,2	V
Gelbe Rüben, 500 g Einkauf	112	0,8	V
Gelbwurst, i.D.	350	33	F
Gelbwurst, *Höhenrainer*	154	10	F
Gelee, s. einzelne Sorten			
Gelees: Berries, Perleier, *Haribo*	350	0	K
Gelee, *Schwartau*, 1 TL, i.D.	25	*	K
Geleewürfel, 1 Stück	50	0	K
Gelfix, *Dr. Oetker*, 1 Beutel, 20 g	50	*	K
Gelfix, Zwei + Eins, *Dr. Oetker*, 1 Beutel, 25 g	69	*	K
Gelier-Fruchtzucker, *Schneekoppe*	385	0	K

Nw = *Nährwerte*, **E** = *viel Eiweiß – bevorzugt essen*, **F** = *viel Fett – vorsichtig essen*
K = *viele Kohlenhydrate – überlegt essen*, **M** = *viele Mineralstoffe – bevorzugt essen*
V = *viele Vitamine – bevorzugt essen*, **B** = *Ballaststoffe – gezielt essen*

G

	kcal	Fett(g)	Nw
Gelier-Süße, *Sionon*	394	0	K
Gelierzucker, Extra, *Dr. Oetker*	393	0	K
Gelin	0	0	
Gemischter Aufschnitt, *Du darfst*	245	17	E
Gemüse, s. einzelne Sorten			
Gemüseaufstrich, 1 TL, i. D.	10	*	
Gemüsebratlinge, *Schneekoppe*	329	5	BK
Gemüsebouillon, *Knorr*, 1 l	34	1	
Gemüsebrühe, klare, *Maggi*, 1 Würfel zubereitet	60	3,6	
Gemüsebrühe, natriumarm, *Heirler*, 1 Teller	20	1,5	
Gemüse-Burger, TK, *Iglo*, 1 Portion	134	6	FK
Gemüse-Chili, *Du darfst*, 1 Portion	257	3,7	K
Gemüsecremesuppe mit Croutons, *Knorr*, 1 Teller	106	7	F
Gemüsecreme Suppe, *Du darfst*	122	2	K
Gemüse Farmers, TK, *Iglo*, 300 g	108	0,6	BK
Gemüsegouda, *Du darfst*	263	16	E
Gemüsekonserven, i. D. (außer Erbsen)	28	0,5	
Gemüsemais, knackiger, Bio, *Bonduelle*	117	1,5	B
Gemüsemischung *Bonduelle*	41	0,6	B
Gemüse-Mix mit Wildreis, TK, *Eismann*	78	2	K
Gemüse-Nudel-Suppe, *Maggi*, 1 Teller	134	1,3	K
Gemüse-Putenwurst, *Du darfst*	106	4	E
Gemüseravioli, *Maggi*, 1 Dose	608	9,6	FK
Gemüse-Reistopf, *Erasco*, 1 Portion	54	2	F
Gemüsesäfte, 0,1 l	30	0	V
Gemüsesaft, Gute Ernte, *Granini*, 0,1 l	15	0	V
Gemüse-Topf, Bunter, *Erasco*	54	2	F
Gemüsetrunk Plus, versch. Sorten, *Schneekoppe*, i. D.	50	0,2	V
Genever, 2 cl	65	0	
Germ, s. a. Hefe			
Germ, Bäcker-, 20 g	20	0,5	V
Germknödel mit Mohnzuckermischung, TK, *Iglo*	298	5	FK
Gerste, entspelzt, ganzes Korn	325	2,1	BE
Gerstengrütze	368	1,4	BE
Gerstengrütze, 1 EL	74	0,3	BE
Gerstenmehl	369	1,9	BE
Geselchtes, fett	450	41	F
Geselchtes, mager	260	21	F
Gewürzgurke, *Kühne*	26	0,1	
Gewürzmischungen, 1 TL	3	*	
Giandor-Schokolade	605	43	FK
Gin, 40%, 2 cl	65	0	
Gin Fizz (5 cl Gin), 0,2 l	195	0	
Gin-Tonic (2 cl Gin), 0,2 l	140	0	
Gin-Tonic, *Schweppes* light (2 cl Gin), 0,2 l	70	0	
Ginger Ale, *Schweppes*, 0,2 l	74	0	K

G

	kcal	Fett(g)	Nw
Ginger Ale, *Schweppes* light, 0,2 l	3	0	
Giotto, 1 Stück, *Ferrero*	28	2	F
Gipferl (Hefeteig), 1 Stück	140	10	FK
Glühwein, 0,2 l, i. D.	195	0	
Glutamat, 1 TL	2	0	
Gnocchi, *Buitoni* (roh)	362	1,7	K
Gnocchi di patate, *Buitoni* Fresco, 125 g	196	1	K
Gnocchi, TK, *Eismann*	162	1	K
Gnocchi, *Hilcona*	191	3,3	K
Gnocchi Basilico, *Hilcona*	186	2,7	K
Götterspeise, FP, 125 g	80	0	K
Götterspeise, *Dr. Oetker*, 1 Becher, i. D.	71	0	K
Götterspeise aus Geleepulver, *Dr. Oetker*, 1 Portion	63	0	K
Götterspeise, Instant, *Dr. Oetker*	67	0	
Göttinger Wurst, i. D.	396	37	F
Goldback-Filets, TK, *Iglo*, 1 Stück	125	5	F
Goldbarsch, 200 g Einkauf	109	4	EF
Goldbarschfilet	114	4	EF
Golden Longs, TK, *McCain*	174	6	FK
Golden Smiles, TK, *McCain*	203	9	FK
Golden Sprinter	243	11	FK
Goldknusperfilets, Goldback, TK, *Iglo*	174	6	FK
Goldmais, *Bonduelle*	72	1,3	KV
Goldrom-Käse, 50 % Fett i. Tr.	361	30	F
Gorgonzola, 50 % Fett i. Tr.	358	31	F
Gorgonzola, *Galbani*	313	26,5	EF
Gouda, 45 % Fett i. Tr.	343	28	EF
Gouda, 45 %, 20 g	68	5	F
Gouda, 48 % Fett i. Tr., *Karwendel*	358	30	F
Gouda, *Du darfst*	265	17	EF
Goulasch, s. Gulasch			
Gourmet Baguettes, Vierkäse, TK, *Iglo*	325	14	K
Gourmet Baguettes, Provence, TK, *Iglo*	286	14	K
Gourmet-Bouillon, *Maggi*, versch. Sorten, i. D.	3	0,1	
Gourmet-Kuchen, versch. Sorten, *Bahlsen*, i. D.	453	25	FK
Gourmet, Pflanzenmargarine, *Vitaquell*	720	80	FK
Gourmetleberwurst, *Höhenrainer*	248	20	F
Gourmet-Remoulade, *Thomy*, 1 EL	83	8,6	F
Grahambrot	199	1	B
Grahambrot, 1 Scheibe, 40 g	80	0,4	B
Gram	275	3,4	
Granadilla	75	0,4	V
Granatapfel	77	0,6	V
Grand Marnier, 2 cl	65	0	
Granola, *De Beukelaer*	487	24	FK
Grapefruit	45	0,2	V
Grapefruit, 1 Stück, 250 g	80	0,4	V

Nw = *Nährwerte*, **E** = *viel Eiweiß – bevorzugt essen*, **F** = *viel Fett – vorsichtig essen*
K = *viele Kohlenhydrate – überlegt essen*, **M** = *viele Mineralstoffe – bevorzugt essen*
V = *viele Vitamine – bevorzugt essen*, **B** = *Ballaststoffe – gezielt essen*

G

	kcal	Fett(g)	Nw
Grapefruitsaft, gesüßt (Dose), 0,2 l	116	0,5	K
Grapefruitsaft, ungesüßt, 0,2 l	64	0,3	V
Grapefruitsaft, »leichter Genuß«, *Granini*, 0,2 l	42	0	
Graubrot	226	1,1	B
Graubrot, 1 Scheibe, 40 g	90	0,4	B
Graupen, Gersten-	370	0	E
Graupen, 1 EL	74	0	E
Greyerzer-Käse, 45% Fett i.Tr.	411	32	F
Greyerzer, 45%, 20 g	82	6	F
Grieben	182	10	F
Griebenschmalz	920	99	F
Griechischer Hirtensalat, *Nadler*	142	10	FK
Grießbrei, versch. Sorten, *Müller*, i. D.	138	7,3	K
Grießbrei, versch. Sorten, *Dr. Oetker*, i. D.	153	8,8	K
Grieß	330	1	K
Grieß, 1 EL	48	0,1	K
Grießauflauf, 1 Portion	289	7,4	K
Grießauflauf, *Mondamin*, 1 Beutel, zubereitet	932	32	K
Grießbrei, 1 Portion mit Milch	310	11	FK
Grieß-Pudding, *Landliebe*, 150 g	225	12,3	F
Grießpudding mit Schoko-Soße, *Puddis*	101	2,3	K
Grießschnitten, 1 Stück	83	5	FK
Grieß-Traum, *Ehrmann*	131	4,3	K

	kcal	Fett(g)	Nw
Grillhaxe, TK, *Eismann*	165	9	EF
Grill-Relishes, *Kraft*, 1 EL, i. D.	64	0	
Grill-Steak-Senf, *Thomy*, 1 EL	32	0,9	
Grog (4 cl Rum, 2 Stück Zucker)	180	0	
Grüne Bohnen, fein, *Bonduelle*	24	0,5	BV
Grüne Nudeln, gekocht (=30 g roh)	111	0,9	K
Grüne Nudeln, roh (= 350 g gekocht)	370	3	K
Grüner Pfeffer, *Hengstenberg*	26	0,8	
Grünkern, 1 EL	53	0,4	E
Grünkernbratlinge	236	5	B
Grünkerngrieß, *Knorr*	352	3	
Grünkernmehl, *Knorr*	352	3	
Grünkohl	37	0,9	V
Grünkohl, TK, *Iglo*, 450 g	131	2,2	V
Grütze, s. einzelne Sorten			
Grützwurst, i. D.	212	12	F
Guave	35	0,5	V
Guave, 1 Stück, 150 g	48	0,7	V
Güggeli, s. Hähnchen			
Gugelhupf, BM, *Dr. Oetker*	359	1,6	K
Guglhupf, versch. Sorten, *Puddis*, i. D.	100	2	K
Guinness, Übersee, 0,33 l	216	0	
Guinness, GB, 1/2 pint	94	0	
Gulasch, Rind (Dose), 125 g	160	8	F
Gulasch, TK, 250 g, i. D.	260	11	F
Gulaschsoße, *Maggi*, 1/4 l, zubereitet	128	6,3	F

G

	kcal	Fett(g)	Nw
Gulaschsuppe, *Knorr*, 1 Teller	111	6	F
Gulaschsuppe, Ungarische, *Erasco*, 1 Teller	128	6	F
Gulaschsuppe, *Unox*, 1 Portion	104	6	F
Gulaschtopf Minuto, *Birkel*	107	4	K
Gummibären, *Haribo*	340	0	K
Gurke	13	0,2	V
Gurke, 500 g Einkauf	47	0,7	V
Gurken, Polnische Art, *Hengstenberg*	34	0,2	K
Gurkensticks	14	0	
Gustin, *Dr. Oetker*	349	0,1	K
Gustin, *Dr. Oetker*, 1 TL	17	*	K
Gutsel, 1 Stück, i.D.	20	0	
Gutswurst, *Höhenrainer*	162	10	F

H

	kcal	Fett(g)	Nw
Hackbällchen	292	12	F
Hackepeter	320	30	F
Hackfleisch, gemischt	200	14	F
Hähnchenbrust, mit Haut, 100 g Einkauf	145	1,5	E
Hähnchenbrustfilet, paniert, TK, *Eismann*	109	1	E
Hähnchenbrustfilet, unpaniert, TK, *Eismann*	89	1	E
Hähnchenbrust-Pastete, *Wiesenhof*	135	5	E
Hähnchenfleisch	166	10	EF
Hähnchen frites, TK, *Bofrost*	240	13,3	EF
Hähnchen-Flügel, *Wiesenhof*	179	11,6	E
Hähnchenherzen	139	7	EF
Hähnchenkeule	120	4	EF
Hähnchenleber	147	6	EF
Hähnchenschenkel, *Wiesenhof*	110	3,1	E
Haferfleks, mit Kleie, *Kölln*, 40 g	141	3,6	BK
Haferflocken	356	8	BE
Haferflocken, Instant, *Kölln*, 40 g	142	3,1	E
Hafergrütze, 1 EL	80	1	E
Haferkleie, Flocken, *Kölln*, 40 g	128	3,4	BE
Haferkorn, *Wasa*, 1 Scheibe	47	0,5	K
Hafermehl, 1 EL	82	1	E
Hagebutten	90	0	V
Hagebutten-Marmelade, 1 TL	25	0	K
Hagebutten-Marmelade, *Fructusan*, 1 TL	25	0	K
Hagebutten-Trunk, *Vitaborn*, 0,2 l	102	0	
Haifisch	130	10	F
Haifischsteak	270	21	EF
Halbbitter-Kuvertüre	540	33,9	FK
Halbbitter-Kuvertüre, *Schwartau*	530	34	FK
Halbfettbutter, *Du darfst*	364	39	F
Halbfettmargarine, 1 EL	50	6	F
Halbfettmargarine, *Lätta*	376	39	F
Hallimasch	15	0,7	MV
Halwa	620	28	FK
Hammel, s. Lamm und Schaf			

Nw = Nährwerte, E = viel Eiweiß – bevorzugt essen, F = viel Fett – vorsichtig essen
K = viele Kohlenhydrate – überlegt essen, M = viele Mineralstoffe – bevorzugt essen
V = viele Vitamine – bevorzugt essen, B = Ballaststoffe – gezielt essen

H

	kcal	Fett(g)	Nw
Handkäse	138	3,3	E
Hanföl, *Vitaquell*	819	91	F
Hanuta, 1 Stück	121	7,5	FK
Hartkäse, 30% Fett i.Tr., *Karwendel*	299	19	F
Hartweizen-Eiernudeln, *Birkels* No 1	355	3	K
Hartweizen-Nudeln »Genuss pur«, *3 Glocken*	350	1,5	K
Hartwurst, i.D.	550	35	F
Harzer Käse, 0,5% Fett i.Tr.	40	*	E
Hase	124	4	E
Hasel-Nougat-Creme, *Granovita*, 1 TL	56	3	FK
Haselnüsse, gerieben	709	65	FV
Haselnuss-Fruchtschnitte, 50 g	249	19	FK
Haselnusskerne, 1,5 g	11	1	FV
Haselnuss-Krokant, *Schwartau*	476	16	FK
Haselnusskuchen, BM, 1 Stück	198	9	FK
Haselnussmus, 20 g	105	18	FK
Haselnussöl, *Vitaquell*	819	91	F
Haselnussschokolade, *Milka*	535	33	FK
Hausmachersenf, *Develey*	194	2,7	K
Haus-Natron	0	0	
Hecht	86	0,9	E
Hecht, 200 g Einkauf	98	1	E
Hefe, Bäcker-, 1 Würfel	40	1	V
Hefe, Bier-, 1 EL	35	0,6	V
Hefe, Bier-, Extrakt, *Cenovis*, 1 EL	23	0,5	V
Hefe, Bier-, flüssig, *Dr. Ritters*, 1 EL	8	0	V
Hefeflocken, 1 EL, *Dr. Ritters*	20	0,2	V

	kcal	Fett(g)	Nw
Hefe-Obstkuchen, Fix-Teig, *Mondamin*	421	11	FK
Hefeteig, BM, *Dr. Oetker*	335	1	K
Hefe, Trocken-, 1 Päckchen	23	0,2	
Hefezopf, 1 Scheibe	150	4	K
Heidelbeeren	37	0,7	V
Heidelbeeren mit Fruchtzucker, *Lihn*	82	1	K
Heidelbeeren ohne Zucker, Dose	30	0,4	
Heidelbeersaft, ungezuckert, 0,2 l	55	0,4	V
Heilbutt, schwarz, geräuchert	238	17	EF
Heilbutt,schwarz, geräuchert, 200 g Einkauf	362	26	EF
Heilbutt, weiß	90	3	EF
Heilbutt, weiß, 200 g Einkauf	130	4	EF
Heißer Becher, Huhn mit Nudeln, *Maggi*, 1 Beutel	30	0,8	K
Heißer Becher, Rindsbouillon mit Croutons, *Maggi*, 1 Beutel	36	2,2	F
Heißer Becher, Tomatencreme mit Croutons, *Maggi*, 1 Beutel	76	3,1	K
Helle Soße, Instant, 4 EL	25	1	F
Helle Soße, *Knorr*, 1/4 l	137	7	F
Helle Soße, Soßenbinder, *Maggi*, für 1/4 l Soße	83	2	K
Hendl, 1/2	406	20	EF

H

	kcal	Fett(g)	Nw
Herbadox, 1 TL	6	0	
Hering, Delikatess, *Norda*	150	8	F
Hering in Gelee, *Norda*	164	13	F
Heringsfilet	210	14	F
Heringsfilet in Dillsauce, *Nadler*	308	29,2	F
Heringsfilet in Remoulade, *Lysell*	411	40	F
Heringsfilet in Tomatensoße	217	13	F
Heringsmilch	115	3	
Heringsröllchen gegrillt, *Nadler*	183	14,1	EF
Heringsrogen	140	3	E
Heringssalat	245	24	F
Heringssalat, *Du darfst*	173	13	F
Heringsstip	285	27	F
Heringstopf, *Nadler*	224	20,6	F
Herrenpilze	34	0	MV
Herrenpilze, 500 g Einkauf	135	0,5	MV
Herzmuschelfleisch	72	1	E
Hickorynüsse, 6 Kerne	100	9	FV
Himbeeren	33	0,3	V
Himbeeren, TK, *Bofrost*	40	0,3	V
Himbeergeist, 40 %, 2 cl	47	0	
Himbeergelee, 1 TL	26	*	K
Himbeerkonfitüre, 1 EL	27	*	K
Himbeersirup, 1 EL	55	*	
Himbeerwasser (2 EL Sirup), 0,2 l	80	*	K
Hirn, Kalb	108	8	F
Hirnwurst, i. D.	350	33	F
Hirsch	122	3	E

	kcal	Fett(g)	Nw
Hirschbraten, Gutsherren Art, TK, *Eismann*, 250 g	240	10	EF
Hirschbraten in Rahmsoße, TK, *Bofrost*	118	4,7	EF
Hirschgulasch, TK, *Bofrost*	107	3,6	F
Hirschhornsalz	0	0	
Hirse, 20 g	70	0,8	BE
Hirseflocken, 12 g	40	0,4	E
Hirsesuppe, *Heirler*, 1 Teller	63	1,5	E
Hirsevollkornflocken, 20 g	66	0,7	BE
Hit, *Bahlsen*	507	24	FK
H-Kakao	53	0,3	F
H-Milch	64	3,5	F
H-Milch, fettarm	46	1,5	K
Hobbits, Schoko, *Bahlsen*, 1 Stück	72	3,8	FK
Hobelkäse, Schweizer, 50 % Fett i. Tr.	410	30	F
Hörnchen, 1 Stück	140	10	FK
Holländer Scheibletten, *Kraft*, 1 Stück	62	5	F
Holler, schwarz	54	1,7	MV
Holsteiner Hochzeitssuppe, *Maggi*, 1 Teller	75	3,4	F
Holunderbeeren	54	1,7	MV
Holunderbeerensaft, 0,2 l	76	0	MV
Holunder-Kirsch-Konfitüre, *Schneekoppe*, 1 EL	10	*	K
Home Fries, TK, *McCain*	136	4	FK
Honey Loops, *Kellogg's*, 30 g m. entrahmter Milch	167	2,8	K

Nw = *Nährwerte*, **E** = *viel Eiweiß – bevorzugt essen*, **F** = *viel Fett – vorsichtig essen*
K = *viele Kohlenhydrate – überlegt essen*, **M** = *viele Mineralstoffe – bevorzugt essen*
V = *viele Vitamine – bevorzugt essen*, **B** = *Ballaststoffe – gezielt essen*

H

	kcal	Fett(g)	Nw
Honig, 20 g	66	0	K
Honig, 1 EL	83	0	K
Honig, 1 TL	33	0	K
Honigmelone	54	0,1	MV
Hot Ketchup, 1 EL	21	0,2	F
Hot Wings, *Wiesenhof*	187	12,8	EF
Hühnerfett	945	99	F
Hühnerfrikassee, TK, *Bofrost*, Menü, 300 g	336	19	F
Hühnerfrikassee, TK, *Iglo*, 260 g	180	8,2	F
Hühnerkraftbouillon, Klare Suppen, *Knorr*, 1 Teller	15	0,5	F
Hühner-Nudel-Suppe, *Maggi*, 1 Teller	126	3,7	F
Hühner-Nudeltopf, *Erasco*	57	2,5	F
Hühner-Suppe mit Nudeln, *Knorr*, 1 Teller	78	2	F
Hühnersuppe, Päckchen, *Maggi*, 1 Teller	58	0,8	F
Hülsenfrüchte, s. a. einzelne Sorten			
Hülsenfrüchte, i. D.	316	1,6	BE
Hülsenfrüchte, geschält, gekocht, i. D.	190	1,6	BE
Hülsenfrüchte, ungeschält, gekocht, i. D.	140	1,6	BE
Hüttenkäse, 20% Fett i.Tr.	108	4	EF
Hüttensnack Hackfleisch Nüdeli, *Knorr*, 2 Portionen	580	12	K
Hüttensnack Käs-Spätzle, *Knorr*, 2 Portionen	622	20	FK
Huhn, s. a. Hähnchen			
Huhn, Brat-	166	10	EF
Huhn, Leber	170	6	F
Huhn, Magen	95	1	
Huhn, Suppen-	274	20	F
Huhn Toscana, *Du darfst*, 1 Portion	328	8	EK
Hummer	81	2	E
Hummercreme-Suppe, *Erasco*, 1 Teller	170	13	F
Hummerfleisch	89	2	E
Hustenbonbon, *Vademecum*, 1 Stück	9	0	K

I

	kcal	Fett(g)	Nw
Ice Tea, Fruchtgummi, *Haribo*	340	0	K
Ice Tea Pfirsich, Instant, *Lipton*, 0,2 l	58	0	K
Ice Tea Zitrone, Instant, *Lipton*, 0,2 l	58	0	K
Illertaler, 45% Fett i.Tr., *Champignon*	384	30	F
Intermezzo Teigschiffchen, TK, *Dr. Oetker*, 1 Portion, i. D.	780	40,5	K
I love Milka, Diät, Nuss-Nougat-Pralinen, *Milka*	497	31	FK
I love Milka, Nuss-Nougat-Pralinen	555	35	FK
I Love Milka, Marzipan, *Milka*	515	28	FK
Immerfrisch, Gemüsesaft, *Rabenhorst*, 0,2 l	30	0	V
India-Mix, *Hensel*	294	2,6	EK
Indian, s. a. Pute			
Indian	163	8	EF
Indianer-Krapfen, 1 Stück	210	8	FK
Ingwer, 10 g	5	*	MV
Ingwer-Honig-Gelee	346	9	K
Ingwer-Sirup, 1 EL	55	*	K

I

	kcal	Fett(g)	Nw
Ingwerstäbchen	400	0	K
Ingwertoffee	390	0	K
Innereien, s. einzelne Tierarten			
Instantflocken, *Kölln*, 1 EL	36	0,8	E
Instant Kakao-Trunk (mit Milch), 0,15 l	155	6	FK
Instant Kakao-Trunk (mit Wasser), 0,15 l	95	3	FK
Irish Whiskey, 40%, 4 cl	115	0	
Iso Energie (Dose), 0,25 l	105	0	K
Isostar, 0,25 l	68	0	K
Italia-Mix, *Hensel*	293	2,2	EK
Italienische Gemüsesuppe, Minestrone, *Knorr*, 1 Teller	58	1,7	K
Italienisches Pfannengemüse, TK, *Iglo*, 300 g	177	9	F

J

	kcal	Fett(g)	Nw
Jackfrucht	108	0,6	M
Jacobsmuschelfleisch	72	1	E
Jägerklößchen, TK, *Iglo*, 300 g	666	45	F
Jägersoße, Basis-Saucen, *Knorr*, 1/4 l	90	2	
Jägersoße, *Maggi*, 1/4 l, zubereitet	128	7,3	F
Jamaicapflaume	59	0,5	MV
Jambuse	54	0,6	MV
Japanische Mispel	48	0,1	M
Japanische Pflaume	49	0,2	MV
Jansen-Schinken, *Herta*	255	16	FK

	kcal	Fett(g)	Nw
Joghurt, s. a. Produktnamen			
Joghurt Drink, Orange-Vanille *Symbion*	74	0,8	K
Joghurt Drink, versch. Sorten, *Landliebe*, i. D.	83	1,2	K
Joghurt, fettarm, 1,5%	44	1,5	EF
Joghurt für Kinder, *Danone*, 125 g	131	3,7	K
Joghurt, fettarm, 1,5%, mit Frucht	78	1,3	E
Joghurt-Lemon, *Ritter Sport*, Mini 40 g	229	14,8	FK
Joghurt, Magerstufe, 0,3%, 150 g	60	*	E
Joghurt, Magerstufe, mit Früchten, 150 g	110	*	E
Joghurt mild, fettarm	48	1,5	E
Joghurt Müsli, *Kölln*	396	12,7	BK
Joghurt mit Smarties, *Nestlé*, 1 Becher	203	8	K
Joghurt, Sahne-, 10%, 150 g	180	15	F
Joghurt, Sahne-, 10%, mit Frucht, 150 g	230	15	F
Joghurt-Sahne mit Kräutern, *Südmilch*	228	22	F
Joghurt-Salatdressing, *Bautzner*	205	19	F
Joghurt-Snack, 1 Stück	105	5	FK
Joghurt, Vollmilch, 3,5%, 150 g	92	5	EF
Joghurt, Vollmilch, 3,5% mit Früchten, 150 g	150	4,6	E

Nw = *Nährwerte*, **E** = *viel Eiweiß – bevorzugt essen*, **F** = *viel Fett – vorsichtig essen*
K = *viele Kohlenhydrate – überlegt essen*, **M** = *viele Mineralstoffe – bevorzugt essen*
V = *viele Vitamine – bevorzugt essen*, **B** = *Ballaststoffe – gezielt essen*

J

	kcal	Fett(g)	Nw
Johannisbeeren, rot	33	0,2	BV
Johannisbeeren, schwarz	39	0,2	BV
Johannisbeeren, weiß	30	*	BV
Johannisbeergelee, 1 TL	26	*	K
Johannisbeerkonfitüre, 1 TL	25	*	K
Johannisbeerlikör (Cassis), 2 cl	65	0	K
Johannisbeersaft, rot, 0,2 l	100	0,4	V
Johannisbeersaft, schwarz, 0,2 l	110	0,4	V
Johannisbeersirup, schwarzer, 1 EL	58	0	K
Johannisbeersüßmost, 0,2 l	120	0	
Johannisbeerwein, 0,25 l	190	0	
Jubiläumsschinken-Fleischwurst, *Herta*	310	30	F

K

	kcal	Fett(g)	Nw
Kaba, 1 TL	20	0,2	K
Kaba, zubereitet (0,25 l Milch + 20 g Pulver)	258	12	FK
Kabafit, zubereitet (0,25 l Milch + 20 g Pulver)	245	12	FK
Kabaplus, zubereitet (0,25 l Milch + 20 g Pulver)	235	12	FK
Kabeljau	75	0,3	E
Käse, s. einzelne Sorten			
Käse-Fondue, 100 g mit Brot	372	21	F
Käsekrainer, *Höhenrainer*	211	15	F
Käsekuchen, i. D.	250	10	FK
Käsekuchen, BM, *Dr. Oetker*	364	0,4	K
Käsekuchen, BM, *Dr. Oetker*, 1 Stück	248	6	FK
Käsekuchen für Diabetiker, TK, *Eismann*	238	10	FK
Käsekuchen-Hilfe, *Dr. Oetker*, 1 Packung	206	0	K
Käsekuchen, klassischer, TK, *Dr. Oetker*, 1 Stück	289	12,7	FK
Käse-Nudeltopf mit geräuchertem Speck, Minuto, *Birkel*	113	5	K
Käseraspel, *Du darfst*	269	17	F
Käse-Sahne-Torte, TK, *Eismann*	238	14	FK
Käse-Sahne-Torte, *Coppenrath & Wiese*, 1 Stück	281	15	FK
Käsesalami, i. D.	350	30	F
Käse-Schinken-Plätzli, TK, *Iglo*, 1 Stück	94	3,4	F
Käsetoast mit Schinken und Früchten, 1 Stück	370	12	F
Kaffee	0	0	
Kaffeelikör, i. D., 30%, 2 cl	85	0	K
Kaffeesahne, 10%, 1 EL	24	3	F
Kaffeesahne, 10%, 1 TL	8	1	F
Kaffeesahne, 15%, 1 EL	35	4	F
Kaffeesahne, 15%, 1 TL	10	1	F
Kaffeeweißer, *Nestlé* Coffeemate	464	17	FK

K

	kcal	Fett(g)	Nw
Kaffeeweißer, *Nestlé* Coffeemate, 1 TL	23	1	
Kaisergemüse, TK, *Bonduelle*	22	0,4	B
Kaiserjagdwurst	300	23	F
Kaiserjagdwurst, *Höhenrainer*	154	10	F
Kaiserschmarrn, ohne Butter, *Maggi*, 1 Portion	383	8,4	K
Kaiserschmarrn, *Mondamin*, 1 Beutel, zubereitet	742	24	K
Kaiserschoten, TK, *Eismann*	32	<1	B
Kakaopulver, 1 EL	70	5	F
Kakaotrunk (Magermilch)	52	0,5	K
Kaki, mittelgroß, 250 g	175	1	V
Kaktusfeige, 1 Stück, 100 g	38	0,7	MV
Kalbfleisch, Bauch, Flanke	138	6	EF
Kalbfleisch, Brust	132	6	EF
Kalbfleisch, Bug, Schulter	108	2,4	E
Kalbfleisch, Filet	106	1,5	E
Kalbfleisch, Hals, Halsgrat	104	2,4	E
Kalbfleisch, Keule, Schlegel	96	1,6	E
Kalbsbratwurst, i. D.	270	25	F
Kalbsbries	108	3	E
Kalbshaxe	100	1,6	E
Kalbsherz	122	5	EF
Kalbshirn	108	8	F
Kalbskäse, 30 g	100	9	F
Kalbskopf	150	1,4	E
Kalbskotelett	108	2,4	E
Kalbsleber	140	4,1	E
Kalbsleber-Pâté	323	28	F
Kalbsleberwurst, *Du darfst*	257	21	EF
Kalbslunge	92	2,4	
Kalbsmilz	100	3,2	E
Kalbsniere	124	6	F
Kalbsschnitzel	104	1,6	E
Kalbsschweser	108	1,5	E
Kalbssteak	107	1,4	E
Kalbszunge	124	6	F
Kaldaunen, gekocht	140	8	EF
Kalte Ente, 0,2 l	180	0	
Kamtschatkakrabbe (TK oder Dose)	90	1	E
Kandierte Früchte	250	*	K
Kandiszucker, 2 g (1 kl. Würfel)	8	0	K
Kandiszucker, 1 TL	26	0	K
Kaninchen	152	8	EF
Kapern, eingelegt, 10 g	2	0	
Kapstachelbeere	92	1	MV
Karambola	37	0,2	V
Karamel-Bonbons, zuckerfrei, *Diedenhofen*, 75 g	270	0	K
Karamellen, 1 Stück	20	0	K
Karamel-Riegel, *Fructusan*, 1 Stück	137	0	K
Karfiol	27	0,3	B
Karibik-Pfanne, TK, *Frosta*	101	1,7	K
Karotten	28	0,2	MV
Karotten (Glas)	30	0,2	
Karottensaft, *Huxol*, 0,2 l	56	0	V
Karottensalat, *Hengstenberg*	36	0,2	V

Nw = Nährwerte, E = viel Eiweiß – bevorzugt essen, F = viel Fett – vorsichtig essen
K = viele Kohlenhydrate – überlegt essen, M = viele Mineralstoffe – bevorzugt essen
V = viele Vitamine – bevorzugt essen, B = Ballaststoffe – gezielt essen

K

	kcal	Fett(g)	Nw
Karottentrunk, Gute Ernte, *Granini*, 0,1 l	32	0	V
Karpfen	120	5	EF
Kartoffelauflauf, »Schweizer Art«, TK, *Iglo*, 400 g	448	22	F
Kartoffelbrei, s. a. Kartoffelpüree			
Kartoffelbrei, *Pfanni*, 200 g	154	3	K
Kartoffelchips	552	30	FK
Kartoffelchips, 1 Stück	10	0,5	FK
Kartoffel-Gemüse-Pfanne, *Pfanni*, 1 Portion	296	18	F
Kartoffel-Gratin Classic, *Pfanni*, 1 Portion	161	6	F
Kartoffelherzen	197	9	F
Kartoffelklöße, gekochte, FP, 1 Portion, i. D.	178	0,8	K
Kartoffelklöße, halb und halb, FP, i. D.	169	0,8	K
Kartoffelklöße, rohe, FP, i. D.	195	0,8	K
Kartoffelknödel, bayerische, 1 Portion	172	0,8	K
Kartoffelknödel, halb & halb, im Kochbeutel, *Maggi*, 1 Stück	108	0,3	K
Kartoffelknödel im Kochbeutel, FP, *Pfanni*, 1 Stück	213	0,8	K
Kartoffelkroketten, TK, zubereitet, 150 g	320	15	FK
Kartoffelmehl	349	0	E
Kartoffeln	70	0,1	EV
Kartoffel-Püree, *Maggi*, 1 Portion	130	2	K

	kcal	Fett(g)	Nw
Kartoffelpfanne »Country Style«, TK, *Iglo*	145	8,4	K
Kartoffelpüree, *Pfanni*, mit Milch zubereitet, 1 Portion	204	6	F
Kartoffelpüree, *Pfanni*, mit Wasser zubereitet, 1 Portion	94	0,8	E
Kartoffelpuffer aus Pulver, gebraten, 1 Stück, i. D.	75	1,2	FK
Kartoffelpuffer, *Pfanni*, 1 Portion	311	0,8	FK
Kartoffelpuffer, TK, gebraten, 1 Stück	185	2,3	FK
Kartoffelsalat, 250 g	210	6	F
Kartoffelsalat mit Ei und Gurke, *Nadler*	195	15	FK
Kartoffelsalat mit Essig und Öl, *Nadler*	110	6	K
Kartoffelsalat mit Joghurt, *Nadler*	123	7	K
Kartoffelsalat mit Salatmayonnaise, *Nadler*	155	11	FK
Kartoffelschnaps, 40%	221	0	
Kartoffelscheiben, TK, *Eismann*	136	4	K
Kartoffelstärkemehl	349	0	
Kartoffelstärkemehl, 1 EL	53	0	
Kartoffelstärkemehl, 1 TL	18	0	
Kartoffel-Suppe mit Räucherspeck, Basis-Suppen, *Knorr*, 1 Teller	118	2,3	K
Kartoffelsuppe, *Pfanni*, 1 Teller	128	0,8	K

K

	kcal	Fett(g)	Nw
Kartoffeltopf mit Croutons, Minuto, *Birkel*	70	2	FK
Kaschu-Nüsse	635	51	FV
Kasseler auf Weinsauerkraut, TK, *Bofrost*	88	4	K
Kasseler, *Du darfst*, 1 Portion	268	8	EK
Kasseler Rippchen, i.D.	350	30	F
Kastanie s. Esskastanie			
Katenbrot, Kreuznacher, *Studt*	230	1	B
Katenbrot, Kreuznacher, *Studt*, 1 Scheibe, 40 g	92	0,4	B
Katenrauchschinken	232	30	F
Katenrauchwurst, i.D.	390	34	F
Katenspeck	433	39	F
Katfisch	95	3	EF
Katfisch, geräuchert	135	4	EF
Katjes, Jogger-Gums	333	0	K
Katjes, Katzenpfötchen	337	0	K
Katjes, Salmiakpastillen	338	2	K
Katzenzungen, 1 Stück	30	2	K
Kaugummi, 1 Streifen	10	0	K
Kau-Kritzen	408	4,6	FK
Kaviar, deutsch, 30 g	35	1,6	E
Kaviar, russisch, 30 g	84	4,7	EF
Kaviar Creme, *Abba*, 1 TL	42	4	EF
Kaviarcreme, *Kühne*, 1 TL	23	2	EF
Kefen	55	0	V

	kcal	Fett(g)	Nw
Kefir, 1,5%, 1 Becher	70	2	E
Kefir, 3,5%, 1 Becher	80	4	EF
Kefir, fettarm, 250 g	115	4	EF
Kefir, Sahne, 150 g	188	15	EF
Kefir, Vollmilch, 250 g	165	9	EF
Keimdiät-Weizenkeime, *Dr. Grandel*, 1 EL, 10 g	33	0	B
Keimöl	819	91	F
Keimöl, 1 EL	82	9	F
Keimöl, 1 TL	32	3,6	F
Kekse, s. einzelne Sorten			
Kerbel, 1 EL	1	*	V
Kerbelcremesuppe, FP, 1 Teller	70	2	
Kernfett	920	90	F
Kernschinken, Westfälischer, *Herta*	110	3	E
Ketakaviar, 30 g	84	3,3	EF
Ketalachs	206	13	EF
Ketchup, s. a. einzelne Sorten			
Ketchup	105	1	K
Ketchup, 1 EL	21	0,2	K
Kibbelings, TK, *Eismann*	157	9	EF
Kichererbsen, 1 Portion (= 60 g roh)	210	2	E
Kidneybohnen, 1 Portion (= 60 g roh)	210	1	E
Kieler Sprotten	231	17	EF
Kinder Bueno, *Ferrero*, 1 Stück	123	8,3	FK
Kinder Country, *Ferrero*, 1 Riegel	131	8,3	FK
Kindergold, *Vitaborn*, 0,2 l	124	0	V

Nw = *Nährwerte*, **E** = *viel Eiweiß – bevorzugt essen*, **F** = *viel Fett – vorsichtig essen*
K = *viele Kohlenhydrate – überlegt essen*, **M** = *viele Mineralstoffe – bevorzugt essen*
V = *viele Vitamine – bevorzugt essen*, **B** = *Ballaststoffe – gezielt essen*

K

	kcal	Fett(g)	Nw
Kinder Happy Hippo Snack, *Ferrero*, 1 Stück	118	8,4	FK
Kinder Maxi King, *Ferrero*, 1 Stück	174	12,5	FK
Kinder Pingui, *Ferrero*, 1 Stück	136	9,2	FK
Kinder Prof. Rino, *Ferrero*, 1 Stück	118	8,8	FK
Kinder Riegel, *Ferrero*, 1 Stück	117	7,1	FK
Kinder Schoko Bons, *Ferrero*, 1 Stück	33	2,2	FK
Kinder Schokolade, *Ferrero*, 1 Riegel	70	4,3	FK
Kinder Überraschung, *Ferrero*, 1 Stück	116	7,3	FK
King Crab (TK und Dose)	95	2	E
Kipfel, 1 Stück	140	10	FK
Kipferl, *Bahlsen*, 1 Stück	36	2	FK
Kir Royal, 0,1 l	86	0	
Kirschen, sauer	53	0,5	MV
Kirschen, sauer (Dose)	83	0,2	
Kirschen, süß	63	0,3	MV
Kirschen, süß (Dose)	93	0,1	
Kirschkonfitüre, 1 TL	27	*	K
Kirschli-Kuchen, BM, *Dr. Oetker*	383	5,4	K
Kirschnektar	64	0	V
Kirschsaft, 0,2 l	132	0	V
Kirschsirup, 1 EL	40	0	K
Kirschwasser, 40%, 2 cl	45	0	
KitKat, 4-Finger-Riegel, *Nestlé*	230	12	FK
KitKat, mini, 1 Riegel	85	4	FK
KitKat Chunky, 1 Riegel	283	15	FK
Kitz	127	2	E
Kiwi, 1 Stück, 80 g	35	0,4	V

	kcal	Fett(g)	Nw
Klare Gemüsebrühe, *Schneekoppe*	4	0,1	
Klare Hefebrühe, 1 Teller, i. D.	23	*	V
Klarer Saft zum Braten, 1 EL	7	*	
Klarer Schnaps, 32%, 2 cl	37	0	
Klarer Schnaps, 38%, 2 cl	44	0	
Kleiebrot	210	1	B
Kleine Herzen, *DeBeukelaer*	499	22	FK
Kleingebäck, gemischt, i. D.	520	26	FK
Kletzenbrot	430	24	BF
Klippfisch	203	0,7	E
Klöße, s. Kartoffelklöße			
Kluftsteak	205	6	E
Knacker, Truthahn-, *Höhenrainer*	199	15	EF
Knacki max, *Herta*, 1 Stück	213	19,1	F
Knacki, *Herta*, 1 Stück	26	2,4	F
Knacki-Rein-Geflügel, *Herta*, 1 Stück	81	7,5	F
Knackwurst, i. D.	355	32	F
Knäckebrot, s. a. einzelne Sorten			
Knäckebrot, 1 Scheibe, 10 g, i. D.	38	0,1	B
Knax mit Apfelessig, *Hengstenberg*	25	0,1	
Knisterbrot, 1 Scheibe, 10 g	40	1	K
Knisterbrot, natriumarm, *3 Pauly*, 1 Stück	12	0,2	K
Knoblauch, 1 Zehe	3	0	MV
Knoblauchsauce mit Kräutern, *Bautzner*	202	17,7	FK
Knoblauch-Wurst, *Herta*, 30 g	138	12	F

K

	kcal	Fett(g)	Nw
Knödel, s. a. Kartoffelknödel			
Knödel, Böhmische, *Pfanni*, 1 Portion	236	1	K
Knödel, echt bayerische, *Pfanni*, 1 Portion	172	0,8	K
Knödel, halb und halb, *Pfanni*, 1 Portion	169	0,8	K
Knödel, Halb & Halb, Pulver, *Maggi*, 1 Stück	84	0,1	K
Knödel, Semmel-, im Kochbeutel, *Maggi*, 1 Stück	82	0,7	K
Knödel, Semmel-, im Kochbeutel, *Pfanni*, 1 Portion	258	7	K
Knödel, Semmel-, selbstgemacht, 1 Stück	165	3	K
Knödel, Speck-, im Kochbeutel, *Pfanni*, 1 Portion	227	12	FK
Knödelbrot	250	2	K
Knoppers, 1 Stück	132	8	FK
Knorrox Rinderkraftbouillon, 1 Teller	11	0,8	F
Knusperbrot, 1 Scheibe, *Leicht & Cross*	27	0	B
Knusperbrot Vollkorn, *Leicht & Cross*	338	4,2	BK
Knusperfilets Kentucky Style, TK, *Bofrost*	231	10,9	EK
Knusper-Flakes, *Ritter Sport*, Mini 40 g	212	12,4	FK
Knusperflakes Müsli, versch. Sorten, *Kölln*, i. D.	423	15	FK

	kcal	Fett(g)	Nw
Knusperige Haferfleks, *Kölln*	386	6	K
Knusper Joghurt, versch. Sorten, *Müller*, i. D.	138	5,8	K
Knusperleicht, *Wasa*, 1 Scheibe	26	0	B
Knusper Müsli, *Dr. Oetker*, 1 Portion	202	7,8	FK
Knusper Müsli, *Kellogg's*, 30 g, i. D.	138	7	FK
Knusper Müsli, *Kölln*, Feinschmecker, versch. Sorten, i. D.	453	19,3	K
Knusperreis-Scheiben, *Uncle Ben's*, i. D.	382	2,3	E
Knusper-Riegel, *Veelmann*, 1 Stück	140	9	FK
Knusper-Riegel Cappuccino, *Schneekoppe*, 1 Stück	143	10	FK
Kochkäse, 20% Fett i.Tr.	200	10	EF
Kochkäse, Magerstufe, 10% Fett i.Tr.	133	3,3	E
Kochsalami, *Höhenrainer*	203	15	F
Kochschinken	135	3,3	
Kochschokolade	480	32	FK
Köhler (Seelachs)	88	0,8	E
Kölln Cakes	488	25,5	FK
Königsberger Klopse, 1 Portion, *Du darfst*	358	14	EK
Königsberger Klopse, TK, *Iglo*, 280 g	633	40	F
Königsberger Marzipan, 1 Stück, 10 g	45	3	FK
Kohl (Wirsing)	25	0,4	BV

Nw = *Nährwerte*, **E** = *viel Eiweiß – bevorzugt essen*, **F** = *viel Fett – vorsichtig essen*
K = *viele Kohlenhydrate – überlegt essen*, **M** = *viele Mineralstoffe – bevorzugt essen*
V = *viele Vitamine – bevorzugt essen*, **B** = *Ballaststoffe – gezielt essen*

K

	kcal	Fett(g)	Nw
Kohl (Wirsing), 1000 g Einkauf	175	3	BV
Kohlrabi	24	0,1	MV
Kohlrabi, 500 g Einkauf	80	0,3	MV
Kohlrouladen, TK, *Eismann*, 1 Stück	214	14	FK
Kohlrüben	40	0,2	MV
Kohlrüben, 1000 g Einkauf	381	0	MV
Kohlsprossen	52	0,6	BV
Kohlsprossen, 500 g Einkauf	210	2,4	BV
Kokosfett	880	96	F
Kokosfett, 1 EL	88	10	F
Kokosflocken	467	20	F
Kokosflockenkonfekt, 1 Stück	70	3	FK
Kokosmilch, 0,2 l	20	0,1	
Kokosnuss	340	32	F
Kokospudding mit Schokosoße, *Campina*	95	1,9	K
Kokosraspeln	610	62	F
Kokos-Traum-Riegel, *Schneekoppe*, 1 Stück	106	7	FK
Kokos-Knusper-Gebäck	450	20	FK
Kokos-Zwieback, *Brandt*	431	7	FK
Kommissbrot, 1 Scheibe, 40 g	85	0,4	B
Kombucha Trunk, Traube-Ingwer, *Schneekoppe*	41	*	K
Kondensmilch, 4%	128	4,1	F
Kondensmilch, 4%, 1 TL	5	0,2	F
Kondensmilch, 7,5%	133	8	F
Kondensmilch, 7,5%, 1 TL	7	0,5	F
Kondensmilch, 10%	177	10	F
Kondensmilch, 10%, 1 TL	9	1	F
Kondensmilch, 10%, 1 Tassenpackung, 7,5 g	13	1,5	F
Kondensmilch, 12%, 1 TL	9	1	F
Kondensmilch, 15%	265	15	F
Kondensmilch, 15%, 1 TL	13	1	F
Kondensmilch, gezuckert	269	0,2	K
Kondensmilch, gezuckert, 1 TL	17	*	K
Konfekt, s. a. einzelne Sorten, Diät-Pralinen			
Konfitüre Extra, Brombeer, *Sionon*	210	0,5	K
Konfitüre Extra, *Zentis*, 1 TL	25	*	K
Konfitüre Leicht, versch. Sorten, *Lihn*, i.D.	131	0	K
Konfitüren, s. a. einzelne Sorten			
Konfitüren, *Fructusan*, 1 TL	22	0	K
Konfitüren, *Schwartau*	265	0,5	K
Konfitüren, Diät-, *Schwartau*	180	0,5	K
Konfitüren, *Sionon*, 1 TL	22	0	K
Kopfsalat	10	0	V
Korbkäse, 0,5% Fett i.Tr.	133	*	E
Korinthen	260	0	K
Korinthen, 1 EL	26	0	K
Korkenzieher, Hartweizennudeln, *3 Glocken*, gekocht	145	0,5	K

K

	kcal	Fett(g)	Nw
Korn, 32%, 2 cl	38	0	
Krabben, ausgelöst	90	1	E
Krabben, 500 g Einkauf	221	1	E
Krabben, Luxus, TK, *Bofrost*	87	1,4	E
Krabbensalat, *Du darfst*	169	13	F
Krabbensalat mit Mayonnaise, i.D.	300	40	F
Kräcker, Mais-, *3 Pauly*	492	24	FK
Kräcker, Pizza, *Ültje*, 25 g	140	11	F
Kräuter, 1 EL	1	*	MV
Kräuterbutter, *Kleeblatt*, 20 g	150	16	F
Kräutercreme-Suppe mit Champignons, zubereitet mit Wasser, *Knorr*, 1 Teller	146	9	F
Kräuter der Provence, TK, *Iglo*, 25 g	12	0	MV
Kräuter-Frischkäse Balance, 40% Fett i.Tr., *Bresso*	164	12	E
Kräuter-Frischkäse, 60% Fett i.Tr., *Bresso*	245	23	F
Kräuter-Frischkäse, *Exquisa*	301	29	F
Kräuter Frischkäse, fitness, *Philadelphia*	188	16	F
Kräuter, Italienische, TK, *Iglo*	12	0	MV
Kräuter-Käse-Sauce, Feinschmecker, *Knorr*, 1/4 l	199	13	F
Kräuterlikör, i.D., 35%, 2 cl	60	0	

	kcal	Fett(g)	Nw
Kräuterlinge, *Knorr*, 1 Würfel, i.D.	42	3	F
Kräuter-Pastete, Vegetabile, *Tartex*, 25 g	60	4	F
Kräuterquark, *Gervais*	115	7	EF
Kräuterquark leicht, *Gervais*	77	2,2	E
Kräuter-Salatdressing, *Bautzner*	205	19	FK
Kräuter-Salat-Sauce, Italienische Art, *Maggi*, 1 Beutel	22	0,1	
Kräutersalz, *Frema*, 1 TL, 5 g	4	0	
Kräuter-Schmelzkäse, *Milkana*, 50% Fett i.Tr., 1 Ecke	85	8	EF
Kräutertee	0	0	
Krakauer, i.D.	383	37	F
Krakauer, Geflügel-, i.D.	150	10	F
Krammetsvögel	111	10	EF
Krapfen, 1 Stück	190	8	FK
Kraut, Rot-	25	0,2	V
Kraut, Rot-, 1000 g Einkauf	193	1,5	V
Krebse, ausgelöst	90	1	E
Krebse, 1 Stück, i.D.	30	*	E
Krebse, 500 g Einkauf	221	2,5	E
Krebsfleisch (Dose)	90	2	E
Kren	63	0,3	
Kren, 200 g Einkauf	78	0,1	
Kren, gerieben, 1 TL	6	*	
Kreppel, 1 Stück	210	8	FK
Kresse	33	0,7	MV
Kresse, 1 Kästchen, 25 g	8	0,2	MV

Nw = *Nährwerte*, **E** = *viel Eiweiß – bevorzugt essen*, **F** = *viel Fett – vorsichtig essen*
K = *viele Kohlenhydrate – überlegt essen*, **M** = *viele Mineralstoffe – bevorzugt essen*
V = *viele Vitamine – bevorzugt essen*, **B** = *Ballaststoffe – gezielt essen*

K

	kcal	Fett(g)	Nw
Krimsekt, halbtrocken, 0,1 l	83	0	
Krimsekt, süß, 0,1 l	95	0	
Kroepoek	530	26	FK
Krokant, i. D.	480	16	FK
Kroketten, TK, *McCain*	210	9,5	FK
Kronsbeeren	35	0,7	MV
Kronsild mit Aufguss, 1 Stück	31	1	
Kuchenglasur, versch. Sorten, i. D. *Schwartau*	613	45	FK
Kümmellikör, 35%, 2 cl	60	0	
Kümmelschnaps, 32%, 2 cl	40	0	
Kümmelstangen, 1 Stück	140	1	K
Kürbis	26	0,1	MV
Kürbis, 500 g Einkauf	95	0,4	MV
Kürbis, süß-sauer	50	0	
Kürbiskernbrot, TK, *Bofrost*	228	7,2	K
Kürbiskerne, 20 g	120	10	F
Kürbiskernöl, *Vitaquell*	819	91	F
Kürbiskernöl, *Vitaquell*, 1 EL	82	9	F
Kukuruzkolben	40	0,5	
Kullerpfirsich, 0,2 l	200	0	
Kulturheidelbeeren	37	0,7	M
Kumquat	42	0,2	MV
Kumquat, 1 Stück, 10 g	4	*	MV
Kumquat in Sirup	175	0,4	K
Kunsthonig, 20 g	65	0	K
Kutteln	140	8	FK
Kuvertüre	560	35	FK
Kuvertüre, Halbbitter, *Schwartau*	540	34	FK
Kuvertüre, Vollmilch, *Schwartau*	560	35	FK

L

	kcal	Fett(g)	Nw
Lachs (Salm)	202	13	EF
Lachs, 200 g Einkauf	278	18	EF
Lachs, geräuchert	289	19	F
Lachs in Öl	280	18	F
Lachsersatz (Seelachs) in Öl	150	8	F
Lachs-Filet in Blätterteig, TK, *Frosta*	288	19,1	FK
Lachs-Lasagne, TK, *Bofrost*	152	8	EF
Lachs mit Salat und feiner Senf-Dill-Sauce, *Lysell*	194	14	F
Lachs mit Salat und milder Schnittlauch-Paprika-Sauce, *Lysell*	208	16	F
Lachsschinken, *Du darfst*	132	2	E
Lachsschinken, *Herta*, 30 g	37	1	E
Lachsschinken, *Höhenrainer*	122	2	E
Lakritz, *Haribo*	320	0	K
Lakritz-Konfekt, *Haribo*	354	3,4	K
Lammfilet	122	3,4	E
Lammfleisch, Brust	381	37	F
Lammfleisch, Bug, Schulter	306	18	F
Lammfleisch, Keule, Schlegel	250	18	F
Lammfleisch, Lende	208	13	F
Lammfleisch, Nacken, Hals	112	3,4	E
Lammherz	169	10	EF
Lammhirn	134	9	F
Lammkotelett mit Fett	370	32	F
Lammkotelett ohne Fett	253	28	F
Lammleber	131	4	E
Lammlunge	103	2,3	
Lammmilz	117	6	F

L

	kcal	Fett(g)	Nw
Lammnieren	101	8	F
Lammschnitzel	142	6	EF
Lammzunge	200	15	F
Landhauspfanne	146	7,5	FK
Landjäger, 30 g	115	8	F
Landleberwurst, 30 g	75	6	F
Landleberwurst, *Du darfst*	280	24	EF
Landleberwurst, *Höhenrainer*	203	15	F
Langostinos	91	1	E
Langostinos, 1 Schwanz, 15 g	12	0	E
Lattela, Multi-Vitamin, *Danone*	26	0,1	V
Lauch, grün	27	0,3	V
Lauch, weiß	36	0,3	V
Lauch, 500 g Einkauf	81	0,9	V
Lauchcremesuppe, Feine, *Erasco*, 1 Teller	148	12	F
Lauchcreme-Suppe mit Croutons, Die Schnelle Feine, *Knorr*, 1 Teller	131	10	F
Laugenbrezel	300	6	K
Laugenstangen, TK *Bofrost*	192	3,9	K
Laugentasche, TK *Bofrost*	223	8,7	K
LC1 Joghurt, versch. Sorten, *Nestlé*, i. D., 125 g	107	4	K
LC1 0,1% Fett, versch. Sorten, *Nestlé*, i. D., 150 g	96	*	K
LC1 Drink, versch. Sorten, *Nestlé*, i. D.	70	1	K

	kcal	Fett(g)	Nw
Leberkäse, 30 g	110	8	F
Leberkäse, Stuttgarter Art, *Höhenrainer*	154	10	F
Leberkäse, i. D.	368	26	F
Leberknödel, 2 Knödel, 200 g	110	5	FK
Leberknödelsuppe, »Bayrische Art«, *Unox*, 1 Portion	150	10	FK
Leberpastete (Ardenner), 30 g	95	8	F
Leberpresssack, 30 g	110	9	F
Leberspätzle	75	1	F
Lebertran, 1 EL	135	15	F
Leberwurst, 30 g	130	12	F
Leberwurst, Geflügel-, fein	248	20	F
Leberwurst, grob	326	25	F
Leberwurst, Kalbs-	339	32	F
Leberwurst, Land-, 30 g	75	6	F
Lebkuchen, i. D.	380	5	K
Lecker-Locker, versch. Sorten, i. D., *Bahlsen*	475	27	FK
Leckermäulchen Fruchtquark, *Frischli*, versch. Sorten, i. D.	145	20	F
Leckermäulchen Quark, *Frischli*, versch. Sorten, i. D.	148	20	F
Leerdammer, *Baars*, 45% Fett i.Tr.	370	29	F
Leerdammer light, *Baars*, 28% Fett i.Tr.	280	15	F
Leibniz Zoo, 10 g	44	1,2	K
Leibziger Allerlei, *Bonduelle*	47	0,6	
Leichtbier, 0,5 l, i. D.	135	0	

Nw = *Nährwerte*, **E** = *viel Eiweiß – bevorzugt essen*, **F** = *viel Fett – vorsichtig essen*
K = *viele Kohlenhydrate – überlegt essen*, **M** = *viele Mineralstoffe – bevorzugt essen*
V = *viele Vitamine – bevorzugt essen*, **B** = *Ballaststoffe – gezielt essen*

L

	kcal	Fett(g)	Nw
Leinöl, *Vitaquell*	819	91	F
Leinöl, *Vitaquell*, 1 EL	82	9	F
Leinsamen, 1 EL	87	8	BF
Leinsamen aufgebrochen, *Huxol*	375	31	BF
Leinsamen geschrotet, *Schneekoppe*	434	38	BF
Leinsamen Plus, *Schneekoppe*	368	22	BF
Leinsamenbrot	275	3	B
Leinsamenbrot, 1 Scheibe, 40 g	110	1,2	B
Leinsamenkekse	451	12	BK
Leinsamenschrot, 1 EL	45	4	BF
Leinsamenschrot, 1 TL	15	1,3	BF
Le Kir, 0,2 l	136	0	
Lengfisch	87	0,7	E
Lengfisch, 200 g Einkauf	120	1	E
Liga Kindernahrung	401	7,5	BK
Likör, s. a. einzelne Sorten			
Likör, 2 cl, i. D.	65	0	
Lila Pause, *Milka*, 1 Riegel, i. D.	177	12	FK
Limabohnen (Dose)	50	1	B
Limburger Käse, 20% Fett i.Tr.	183	10	EF
Limburger Käse, 40% Fett i.Tr.	267	20	F
Limequat	42	0,2	MV
Limette, 1 Stück, 60 g	15	0,2	V
Limettensaft, 1 EL	5	*	V
Limettensaft, 1 TL	1	*	V
Limonade, kalorienarm, 0,33 l, i. D.	30	0	K
Limonade mit Süßstoff	0	0	
Limonade mit Zucker, 0,33 l, i. D.	160	0	K
Limone, 1 Stück, 60 g	15	0,2	V
Lindenberger, 45% Fett i.Tr., *Kraft*	370	29	F
Lindenberger »leicht«, 30% Fett i.Tr., *Kraft*	290	17	F
Lindenberger Scheibletten, 45% Fett i.Tr., *Kraft*, 1 Scheibe, 20 g	74	6	F
Linde's Kaffee-Ersatz-Mischung, 1 Tasse	4	0	
Linsen, *Bonduelle*	106	1,3	BK
Linsengericht mit Rauchfleisch, *Hipp-Diät*, 300 g	256	6	K
Linsen-Topf, deftiger, mit Speck, *Knorr*, 1 Teller	213	3	FK
Lion, 1 Riegel	220	10	FK
Lion Mini, 1 Riegel	75	3	F
Lion Kingsize, 1 Riegel	337	15	FK
Liptauer Käse	215	13	F
Litschi (Lychee)	75	0,3	MV
Litschi, 1 Stück, 30 g	20	0,1	MV
Litschi in Sirup	130	0,6	K
Livio-Öl	819	91	F
Livio-Öl , 1 EL	82	9	F
Löffelbiskuit, 1 Stück	15	0,2	K
Löskaffee	0	0	
Löwensenf, extra	152	12,6	F
Löwensenf, mittelscharf, *Develey*	113	7,6	F
Löwenzahnblätter	52	0,6	V
Longane	75	0,3	V
Longhorn Chester, 50% Fett i.Tr., *Kraft*	400	30	F
Loquat	48	0,1	V
Loquat, 1 Stück, 25 g	12	*	V
Lotte (Seeteufel)	72	0,7	E
Lotte, 200 g Einkauf	104	1	E
Luncheon Meat	312	26	F
Lunja Lupinensamen, ungeschält, 20 g	85	7	V
Lyoner, i. D.	317	27	F
Lyoner, Truthahn-, i. D.	191	10	F

M

	kcal	Fett(g)	Nw
Maasdamer, *Du darfst*	273	17	EF
Macadamianüsse, 10 g	70	7	F
Macadamianussöl, *Vitaquell*	819	91	F
Maccheroncini, *Buitoni*	352	1,9	K
Maccaroni, TK, *Bofrost*	153	7,4	FK
Madeira, 5 cl	59	0	
Madeleines	115	5,7	
Märzenbier, 0,5 l	255	0	
Magenbitter, 2 cl	85	0	
Magermilch, 0,25 l	88	0,3	E
Magermilchjoghurt, 0,3%, 150 g	60	0,5	E
Magermilchjoghurt mit Früchten, 0,3%, 150 g	100	0,5	E
Magermilchpulver, *Exquisa*	346	0,7	E
Magerquark	78	0,3	E
Maggi-Würze	0	0	
Mainzer Käse, 10% Fett i.Tr.	138	3,3	E
Mais, TK, *Bofrost*	101	1,2	
Mais (Dose), *Bonduelle*	72	1,3	
Mais, ganzes Korn	331	3,8	E
Maisgrieß	339	1,1	E
Maiskeimöl, *Vitaquell*	819	91	F
Maiskeimöl, *Vitaquell*, 1 EL	82	9	F
Maiskölbchen, *Hengstenberg*	31	0,3	
Maiskolben, *Bonduelle*	116	1,5	
Maismehl	333	2,8	E
Maisstärke	346	0	K
Maisstärke, 1 EL	52	0	K
Maisstärke, 1 TL	18	0	K
Mais-Waffelbrot, *3 Pauly*	391	3	B
Maizena	348	0	K
Maizena, 1 EL	54	0	K
Maizena, 1 TL	18	0	K
Majala, Erfrischungsspeise, 1 Portion	180	6	FK
Majala, Traumcreme, 1 Portion, i.D.	130	5	FK
Makkaroni, gekocht (= 30 g roh)	111	0,9	K
Makkaroni, roh (= 350 g gekocht)	370	3	K
Makkaroniauflauf, TK, *Iglo*, 420 g	580	21	FK
Makrele	185	15	EF
Makrele, 300 g Einkauf	360	30	EF
Makrele, geräuchert	238	19	F
Makrele, geräuchert, 300 g Einkauf	493	39	F
Makrelen-Filets in Tomaten-Sauce, *Norda*	172	12	F
Makrone, 1 Stück	45	2	FK
Makronen	450	20	FK
Malaga, 5 cl	80	0	
Malossolkaviar, frisch	279	16	EF
Malteserkreuz Aquavit, 43%, 2 cl	39	0	
Maltesers	180	8,6	F
Malzbier, 0,33 l	158	0	
Malzkaffee, 1 Tasse	6	0	
Mammey-Apfel	55	0	V
Mandarine	46	0,3	V
Mandarine, 1 Stück, 40 g	18	0,1	V

Nw = *Nährwerte*, **E** = *viel Eiweiß – bevorzugt essen*, **F** = *viel Fett – vorsichtig essen*
K = *viele Kohlenhydrate – überlegt essen*, **M** = *viele Mineralstoffe – bevorzugt essen*
V = *viele Vitamine – bevorzugt essen*, **B** = *Ballaststoffe – gezielt essen*

M

	kcal	Fett(g)	Nw
Mandarine, 500 g Einkauf	195	1,2	V
Mandarinen-Likör, *Marie Brizard*, 30%, 2 cl	55	0	
Mandarinensaft, 0,2 l	86	0,6	
Mandarinorangen (Dose)	100	0,6	
Mandella-Pudding, *Dr. Oetker*, 1 Portion, i.D.	112	3,5	K
Mandelhörnchen, *Schneekoppe*, Diät	464	28	FK
Mandelmonde, *Sionon*, 1 Stück	31	1,5	FK
Mandelmus, 20 g	50	2	F
Mandeln	577	54	FV
Mandel, *Ritter Sport*, Mini, 40 g	214	13,6	FK
Mandel-Nuss Clusters, 1 Portion m. fettarmer Milch	176	5	K
Mandelöl	819	91	F
Mandelsplitter, 1 TL	45	6	F
Mandelsplitter-konfekt, 1 Stück	60	5	FK
Mango	59	0,5	V
Mango, 1 Stück, 250 g	122	1	V
Mango Chutney, *Thomy*	310	27	F
Mangold	14	0,3	V
Mangold, 500 g Einkauf	56	1,2	V
Mangosoße, *Kraft*, 1 EL	32	0,5	
Manhattan, 6 cl	145	0	
Maoam, Soft Stangen	392	6,3	K
Maoam, Mini Frutti Strippis	416	6,8	K
Maple Syrup, 1 EL	50	0	K
Maracuja-Aprikosen-Saft, *Granini*, 0,1 l	49	0	

	kcal	Fett(g)	Nw
Maracuja-Nektar, *Donath*, 0,1 l	55	0	
Margarine	753	80	F
Margarine, 1 EL	113	16	F
Margarine, 1 TL	38	8	F
Margarine, halbfett	373	30	F
Margarine, halbfett, 1 TL	19	3	F
Marillen	43	0,1	MV
Marillen, 1 Stück, 50 g	18	*	MV
Marillen, 500 g Einkauf	180	0,4	MV
Marillen, getrocknet	305	0,7	BK
Marillen, getrocknet, vier halbe Früchte	52	0,1	BK
Marillen (Dose)	93	0,2	K
Marillenmarmelade, 1 TL	26	*	K
Marillenschnaps, 2 cl	65	0	
Markklößchen-Suppe, Feinschmecker, *Knorr*, 1 Teller	77	4	F
Marmelade, s. a. einzelne Sorten, Konfitüre			
Marmelade, 1 TL, i. D.	26	*	K
Marmorkuchen, BM, *Dr. Oetker*, 1 Stück	216	10,5	FK
Marmor-Kuchen, Sioback, *Sionon*, verzehrfertig	334	19	FK
Maronen	196	2	B
Maronen, 8 Stück, 45 g	95	1	B
Mars, 1 Riegel	275	11	FK
Mars, Mandel, 1 Riegel	246	13,7	FK
Mars, Miniatures, 1 Stück	36	1,4	F
Marsala, 5 cl	56	0	
Marshmallows, 1 Stück	24	0	K

M

	kcal	Fett(g)	Nw
Martini-Cocktail, 6 cl	150	0	
Marzipan	449	29	FK
Marzipan-Bären, *Schwartau*	432	15	FK
Marzipan-Kartoffeln, 1 Stück, 5 g	25	1,5	FK
Marzipan-Rohmasse	449	29	FK
Mascarpone, 70%	460	48	F
Mascarpone, *Galbani*	444	45,1	F
Matjesfilet, 1 Stück, 80 g	230	18	F
Matjes-Salat, *Lysell*	175	13	F
Maulbeeren	38	0	V
Maultasche, Schwäbische, 1 Stück, 55 g	85	3	FK
Maultaschen-Gemüse-Pfanne, TK, *Bofrost*	163	9	FK
Maulwurf-Kuchen, *Dr. Oetker*, 1 Portion	391	24,7	FK
Mayonnaise, 50%	490	52	F
Mayonnaise, 50%, 1 EL	98	10,4	F
Mayonnaise, 80%	727	78,9	F
Mayonnaise, 80%, 1 EL	145	15,8	F
Mayonnaise, Delikatess, *Thomy*, 1 EL	86	9,3	F
Meeraal	299	25	F
Meeräsche, 150 g	90	4	F
Meeresfrüchte in Öl, *Nadler*	122	6	E
Meerrettich	63	0,3	
Meerrettich, 200 g Einkauf	78	0,4	
Meerrettich, gerieben, 1 TL	6	*	
Meerrettichsahne, 1 EL	60	5	F
Meerrettich-Spreads, *Vitam*, 1 EL	26	1	F
Meerrettich Tube, *Thomy*	247	20,2	FK
Meersalz, *Vitaquell*	0	0	
Mehl, s. a. einzelne Sorten			
Mehl, Type 405	335	1	K
Mehl, Type 405, 1 EL	67	0,2	K
Mehl, Type 405, 1 TL	22	0,1	K
Mehrkorn-Bratlinge, *Schneekoppe*	319	7	BK
Mehrkorn-Brötchen, gebacken, *Coppenrath & Wiese*, 1 Stück	152	2,8	K
Meisterscheiben, 25% Fett i.Tr., *Karwendel*	201	11	F
Meisterscheiben, 45% Fett i.Tr., *Karwendel*	278	22	F
Melone, s. einzelne Sorten			
Merci, 1 Riegel	69	4	FK
Messino, *Bahlsen*, 1 Stück	55	2,2	FK
Messino Minis, *Bahlsen*, 10 g	41	1,5	K
Mett	200	14	F
Mettbällchen in Kohlrabigemüse, TK, *Bofrost*	77	5,2	FK
Mettwurst, i. D.	377	23	F
Mexicana Sauce, *Bautzner*	87	9	K

Nw = *Nährwerte*, **E** = *viel Eiweiß – bevorzugt essen*, **F** = *viel Fett – vorsichtig essen*
K = *viele Kohlenhydrate – überlegt essen*, **M** = *viele Mineralstoffe – bevorzugt essen*
V = *viele Vitamine – bevorzugt essen*, **B** = *Ballaststoffe – gezielt essen*

M

	kcal	Fett(g)	Nw
Mexicana-Mix, *Hensel*	276	2	EK
Mexikanische Gemüsemischung, TK, *Bofrost*	69	0,7	K
Mexikanische Gemüseplatte, TK, *Bonduelle*	59	0,7	K
Mexiko Aspik, *Höhenrainer*	82	2	
Mexiko-Salat, *Kühne*	68	0,7	K
Mezzo Mix	86	0	K
Miesmuscheln	72	1	E
Miesmuscheln, 1000 g Einkauf	130	1,8	E
Mikado, *DeBeukelaer*, 5 Stäbchen	49	1,7	FK
Milch, s. a. einzelne Sorten			
Milch, fettarm, 1,5%, 0,2 l	95	3	E
Milchkaffee, *Nestlé*, Café au lait, 150 ml	52	3	K
Milchkakao, 0,25 l	250	10	FK
Milchnudel, *Ehrmann*	110	2,6	K
Milchnudeln Vanille-Geschmack, *Dr. Oetker*, 1 Portion	246	6,3	K
Milchpudding, *Landliebe*, versch. Sorten, i. D.	98	2,5	K
Milchpulver, mager, 25 g	90	*	E
Milchreis, *Dr. Oetker*, 1 Portion, i.D.	386	9,3	K
Milchreis, versch. Sorten, *Müller*, i.D.	110	2,4	K
Milchreis Diät, *Müller*, i.D.	86	2,4	K
Milchreis leicht, *Müller*, i.D.	70	0,9	K

	kcal	Fett(g)	Nw
Milchreis, versch. Sorten, *Landliebe*, i. D.	150	5,6	K
Milchschnitte, *Ferrero*, 1 Stück	117	7	FK
Milchschokolade, i.D.	563	32	FK
Milde Peperoni, *Hengstenberg*	31	0,2	
Milka Diät	485	31	FK
Milka Drink	381	9	K
Milka Leo, 4-Finger	531	31	FK
Milka Stars, Rosinen	463	21	FK
Milka Tender	194	11	FK
Milken	108	2	E
Milkinis, *Milka*, i.D.	562	34	FK
Milky Way, 1 Riegel	113	4,3	FK
Milky Way Brotaufstrich, 20 g	139	8,6	FK
Milky Way Crispy Rolls	132	7,4	FK
Milky Way Sandwich	114	7,5	FK
Mineralwasser	0	0	
Mini-Schoko-Gebäck Vollmilch, versch. Sorten, *Sionon* Diät, i.D.	491	27	F
Mini-Schoko-Gebäck Vollmilch, versch. Sorten, Diät, 1 Stück, i.D.	22	1,1	F
Mint-Täfelchen, *Schneekoppe*, 1 Stück	35	2	FK
Mirabelle, 1 Stück, 10 g	6	*	MV
Mirabellen	67	0,2	MV
Mirabellen, 500 g Einkauf	315	0,9	MV
Mirabo, *Champignon*	410	38	F
Miracel Whip, *Kraft*	415	41	F
Miracel Whip, *Kraft*, 1 EL	83	8	F

M

	kcal	Fett(g)	Nw
Miracel Whip, *Kraft*, 1 TL	41	4	F
Miracoli, Ravioli Napoli, *Kraft*, 1 Portion (+Butter)	363	13	FK
Miracoli, Spaghetti Carbonara, *Kraft*, 1 Portion (+Butter und Milch)	477	17	FK
Miracoli, Tortellini, *Kraft*, 1 Portion (+Butter)	458	20	FK
Miree Kräuter, *Karwendel*	283	27	F
Miree Meerrettich, *Karwendel*	261	25	F
Miree leicht, Kräuter, *Karwendel*	128	8	F
Mischbrot	226	1,1	BK
Mischbrot, 1 Scheibe, 40 g	104	0,4	BK
Mispel (Loquat)	48	0,1	V
Mispel, 1 Stück, 25 g	12	*	V
Mixed Pickles, *Hengstenberg*	23	*	
Mix-Nuss, *Ültje*, 25 g	165	15	
Mjölk-Bröt, *Wasa*, 1 Scheibe	25	0	BK
M & M's Choco	214	9,4	FK
M & M's Milchschokolade, mit Erdnüssen	514	28	FK
M & M's Minis, 1 Packung	172	8,2	F
M & M's Peanut, 1 Packung	231	12,4	F
Möhrchen, extra fein, TK, *Bonduelle*	24	0,3	
Möhren	28	0,2	MV
Möhren, 500 g Einkauf	112	0,8	MV
Möhrensaft, *Schneekoppe*	33	0	V
Mohn-back, *Schwartau*	292	14	FK
Mohnöl, *Vitaquell*	819	91	F
Mohnsamen	536	22	F
Mokkabohnen, *Schwartau*	468	27	FK
Mokkabohnen, 6 Stück	47	3	FK
Mokka-Flip, 1 Portion	120	8	F
Molke, 0,25 l	60	0,5	K
Molke Drink, *Strothmann*, versch. Geschmack, 500 ml	110	0,5	
Molke, Frucht-, *Heirler*, 0,25 l	118	0,1	
Molke-Getränk, Granulat, *Dr. Ritters*, 1 EL	37	*	
Molke mit Fruchtgeschmack, i. D.	130	1	
Molkenpulver, *Karwendel*	341	1	
Molke Schlank-Kur, *Multaben*, 43 g	164	3,1	K
Molke, Tropical Wellness, *Julius Meinl*	46	0,1	K
Molke-Kur, *Multaben*, 30 g	106	1	K
Mon Chèri, *Ferrero*, 1 Stück	53	2	FK
Mondamin	348	0	K
Mondamin, 1 TL	18	0	K
Mondamin Fix Soßenbinder, dunkel	358	0,8	K
Mondamin Fix Soßenbinder, hell	353	3	K

Nw = *Nährwerte*, **E** = *viel Eiweiß – bevorzugt essen*, **F** = *viel Fett – vorsichtig essen*
K = *viele Kohlenhydrate – überlegt essen*, **M** = *viele Mineralstoffe – bevorzugt essen*
V = *viele Vitamine – bevorzugt essen*, **B** = *Ballaststoffe – gezielt essen*

M

	kcal	Fett(g)	Nw
Mondamin klassische Mehlschwitze, braun	561	39	FK
Mondamin klassische Mehlschwitze, hell	573	40	FK
Mondamin Mehlschwitze, 1 TL, i. D.	56	8	FK
Monster Backe, Fruchtquark, *Ehrmann*	128	5,7	EF
Moosbeeren	35	0,7	V
Moosbeeren, 500 g Einkauf	165	3,3	V
Morcheln	12	0,3	VM
Morcheln, 500 g Einkauf	48	1,2	VM
Morcheln, getrocknet	143	3,5	VM
Mortadella, i. D.	367	33	F
Mortadella, *Höhenrainer*	158	10	F
Mortadella Emilia, *Herta*	327	29,2	F
Mousse au chocolat, *Zott*	100	3,7	FK
Mousse, versch. Sorten, *Dr. Oetker*, mit Milch zubereitet, 1 Portion, i. D.	149	5,3	FK
Moutarde Sauce, 1 EL	60	5	F
Mozartkugel, 1 Stück	100	5	FK
Mozzarella	254	19	EF
Müllermilch, i. D.	75	1,5	EK
Müllermilch Cappuccino, *Müller*	72	1,4	EK
Müllermilch, Leicht und Fit, versch. Sorten, i. D.	52	1,5	EK
Münchner Senf, *Develey*	123	2,8	K
Münsterkäse, 45% Fett i.Tr.	283	23	F

	kcal	Fett(g)	Nw
Münsterkäse, 50% Fett i.Tr.	335	26	F
Mürbegebäck, *Sionon*, 1 Stück	25	1,2	FK
Mürbekeks, *Schneekoppe*, 1 Stück	32	1,1	FK
Mürbeteig, Fertigteig, *Sanella*	480	27	FK
Mürbeteig, Frischteig, *Nestlé*, 1 Packung	950	48	FK
Müsli, FP, trocken, 40 g, i.D	160	2	BK
Müsli, Früchte-, FP, trocken, 40 g, i. D.	195	3	BK
Müslikeks, Diät, *Schneekoppe*, 1 Stück	29	1,2	BF
Müsli Leichte Flocke, *Hensel*	345	6	BK
Müsli Plus, *Dr. Oetker*, 1 Portion	225	6,4	BK
Müsli-Schnecken, 1 Stück	90	6	FK
Müsli, Vollkornknäckebrot, *Wasa*, 1 Scheibe	50	0,5	B
Müslix, versch. Sorten, *Kellogg's*, 30 g	110	0	BK
Muffin, 1 Stück	160	6	FK
Multikorn-Flocken, *Kölln*	332	3,5	B
Multifrucht-Gelee	531	0	K
Multifrucht, Rotbäckchen, *Vitana*	188	0	BK
Multivitamin-Bonbons, zuckerfrei, 75 g	273	0	V
Multi-Vitamin-Diät-Nektar, *Hipp*	22	0	V
Multi-Vitamin-Drink, *Müller*, 0,5 l	275	0,5	K

M

	kcal	Fett(g)	Nw
Multi-Vitamin-Fruchtnektar, *Wertkost*, 0,1 l	33	0	V
Multi-Vitamin-Gemüsetrunk, *Wertkost*, 0,1 l	12	0	V
Mungobohnenkerne	329	1	BE
Muschelfleisch	72	1	E
Muscheln, 200 g Einkauf	130	1,8	E
Muscheln, natur (Dose)	72	1	E
Muscheln in Kräuterbouillon, TK, *Bofrost*	98	6,6	E
Muskateller, 5 cl, i. D.	80	0	

N

	kcal	Fett(g)	Nw
Nährbier, 0,33 l	185	0	K
Nährhefe, salzlos, 1 EL	29	0	V
Nasi Goreng, TK, *Frosta*	108	1,9	EK
Naturkäse-Scheiben (Edamer, Gouda), *Du darfst*, i. D.	263	17	F
Nektarine	43	0,1	V
Nektarine, 1 Stück, 125 g	53	0,1	V
Nektarine, 500 g Einkauf	212	0,5	V
Nescafé ohne Milch und Zucker, *Nestlé*	2	0	
Nesquik trinkfertig, 0,33 l, *Nestlé*	268	6	K
Nesquik Joghurt + Cerealien, 1 Becher	155	6	FK
Nesquik Knusper-Frühstück, 1 Portion m. fettarmer Milch	178	3	K
Nesquik, mit Milch, 0,15 l	155	6	FK
Nesquik Zucker-reduziert, 0,15 l	153	6	FK
Nesquik Schoko-Sirup, 4 TL	33	*	K
Nesquik Snack, 1 Stück	98	5	FK
Nestea, Zitrone, 1 Dose	130		
Netzmelone	25	0	V
Nikolaschka (4 cl Weinbrand, 1 TL Zucker)	100	0	
Nimm 2, 1 Stück	24	0	K
Nisslsalat	14	0,4	MV
Nockerlgrieß	339	1,1	K
Nougat	500	24	FK
Nudeln, gekocht (= 30 g roh)	117	0,9	K
Nudeln, roh (= 350 g gekocht)	370	3	K
Nudelsauce Cipollo e Aglio, *Oro di Parma*	67	3,0	FK
Nudelsauce verdure, *Oro di Parma*	55	2,3	FK
Nudeltopf mit Fleischklößchen, *Knorr*, 1 Teller	161	3,5	FK
Nudeltopf mit Huhn, *Maggi*, Portionseintöpfe	325	21	FK
Nudel Up, Bolognese, *Birkel*	95	5	FK
Nudel Up mit Frühlingsgemüse, *Birkel*	50	1,6	FK
Nürnberger Lebkuchen, 1 Stück, ca. 50 g	190	6	FK

Nw = Nährwerte, E = viel Eiweiß – bevorzugt essen, F = viel Fett – vorsichtig essen
K = viele Kohlenhydrate – überlegt essen, M = viele Mineralstoffe – bevorzugt essen
V = viele Vitamine – bevorzugt essen, B = Ballaststoffe – gezielt essen

N

	kcal	Fett(g)	Nw
Nürnberger Rostbratwurst, 1 Stück	63	5,4	F
Nürnberger Rostbratwurst, *Eismann*	364	34	F
Nüsslisalat	14	0,4	MV
Nussini, *Milka*, 1 Riegel	210	14	FK
Nusskuchen, 1 Stück, i. D.	251	11	FK
Nussnougat, *Schwartau*	503	27	FK
Nuss-Nougat-Creme, 1 TL, i. D.	56	3	FK
Nussplätzchen, 1 Stück	26	1,5	FK
Nusspli-Nuss-Nougat-Creme, *Zentis*, 1 TL	54	3	FK
Nuss-Sahne-Torte, *Coppenrath & Wiese*, 1 Stück	326	25	FK
Nutella, *Ferrero*	514	30	FK
Nutella, *Ferrero*, 1 Portion 25 g	129	7,5	FK
Nutri Grain, i. D., *Kellogg's*, 30 g	110	3	K
Nuts, 1 Riegel	276	11	FK
Nuts, Kingsize, 1 Riegel	348	17	FK
Nuts, mini, 1 Stück	88	4	FK

O

	kcal	Fett(g)	Nw
Obers, 30%, 0,1 l	317	30	F
Obers, 30%, 1 TL	16	1,5	F
Oberskren, 1 EL	60	5	F
Obstbranntwein, 38%, 2 cl	47	0	
Obstessig, 1 EL	4	0	
Obstessig-Trank, *Hensels*, 0,1 l	51	0	
Obstgarten, *Danone*, 125 g	146	4,3	K
Obstgarten, Fitness Diät, *Danone*, 125 g	83	0,5	K
Obstkonserven, s. a. einzelne Sorten			
Obstkonserven, Diätobst, i. D.	75	0	
Obstkonserven (Glas), *Natreen*, i. D.	39	0	
Obstkuchenboden, FP, 1 Platte, i. D.	600	17	FK
Obstkuchenteig, BM, *Dr. Oetker*	355	0,6	K
Obstler	210	0	
Obstsalat, Fit & Fruchtig, *Nadler*	79	0,5	K
Obstsalat mit Joghurt, versch. Sorten, *Du darfst*, i. D.	80	1,8	K
Ochsenherz	36	2	F
Ochsenmaulsalat, *Nadler*	45	1	
Ochsenschwanz	184	12	EF
Ochsenschwanzsuppe, *Maggi*, 1 Teller	83	4	F
Ochsenschwanzsuppe, konzentriert, *Unox*, 1 Teller	100	6	F
Ochsenzunge, Aufschnitt	223	14	F
Öl, s. a. einzelne Sorten			
Öl	819	91	F
Öl, 1 EL	82	9	F
Öl, 1 TL	32	3,6	F
Ölsardinen, abgetropft	220	12	F
Ölsardine, abgetropft, 1 Stück, i. D.	55	3	F
Ofenfrische Pizza, 1 Pizza, *Dr. Oetker*, i. D.	869	31,4	FK
Ogenmelone	25	0	V

O

	kcal	Fett(g)	Nw
Ohne Gleichen, Vollmilch, *Bahlsen*, 1 Stück	59	4	FK
Okra	19	2	V
Old Fashioned, 4 cl	140	0	
Olio Bertolli »extra vergine«	819	91	F
Oliven, grün, mariniert	133	13	FM
Oliven, grün, 10 Stück	56	6	FM
Oliven, schwarz	351	35	F
Oliven, mit Mandeln, 1 Stück	13	2	F
Olivenöl	897	99,6	F
Olivenöl, 1 EL	89	9,9	F
Olivenöl natives, extra, *Mazola*	819	91	F
Olmützer Quargel, *Heirler*, 1 Rolle	150	0,5	E
Onion Rings, TK, *Eismann*	212	12	K
Opekta, Gelierpulver, 10 g	29	0	
Opekta 2000, 1 Normalflasche, 225 ml	68	0	
Opekta, Zwei zu Eins, 1 Beutel	43	0	
Orange	42	*	V
Orange, 1 Stück, 150 g	63	*	V
Orange, 500 g Einkauf	195	0,9	V
Orangeat	292	0,8	K
Orangengelee, 1 TL	31	0	K
Orangenmarmelade, 1 TL	27	0	K
Orangenmarmelade, *Schwartau*, 1 TL	27	*	K
Orangen-Nougat-Creme, 1 TL	51	3	FK
Orangensaft, frisch oder TK, 0,1 l	46	0	V
Orangensaft (Dose oder Flasche), 0,1 l	50	0	V
Orangensaft, *Hohes C*, 0,2 l	78	0,1	V
Orangensaft, »leichter Genuß«, *Granini*, 0,1 l	22	0	V
Orangensaft, »trink-Genuß«, *Granini*, 0,1 l	41	0	V
Orange-Vitamin-Fruchtschnitte, *Schneekoppe*, 1 Stück	275	9	FV
Original Illertaler, *Champignon*	384	30	F
Osterei, mit Cremefüllung, 1 Stück, i. D.	100	8	FK
Osterei, Nougat, 1 Stück, ca. 20 g	106	6	FK
Osterei, Vollmilch, 4 kleine, je ca. 5 g	105	6	FK
Ostereier, Baiser, *Haribo*	390	0	K
Ouzo, 43%, 2 cl	68	0	
Ovomaltine	380	28	FK
Ovomaltine, 1 TL	19	1,4	FK
Ovomaltine mit Magermilch, 0,25 l	142	5	FK
Ovomaltine mit Vollmilch, 0,25 l	206	7	FK

P

	kcal	Fett(g)	Nw
Paella, TK, *Bofrost*	138	4,9	FK
Palmherzen (Dose)	40	0	
Palmin, Palmin-soft	900	100	F
Palmitos (Dose)	40	0	

Nw = Nährwerte, E = viel Eiweiß – bevorzugt essen, F = viel Fett – vorsichtig essen K = viele Kohlenhydrate – überlegt essen, M = viele Mineralstoffe – bevorzugt essen V = viele Vitamine – bevorzugt essen, B = Ballaststoffe – gezielt essen

P

	kcal	Fett(g)	Nw
Pamesello, Streukäse, 32% Fett i.Tr., 1 EL	79	5	EF
Pampelmuse	42	0,2	V
Pampelmuse, 1 Stück, 250 g	81	0,4	V
Panettone, 1 Stück, i.D.	480	23	FK
Paniermehl	280	3	K
Paniermehl, 1 EL	83	0,6	K
Pani Picanti, *Brandt*, i.D.	470	24	F
Papaya	44	0,1	V
Papaya, 1 Stück, 400 g	135	0,3	V
Papayasaft, 0,1 l	50	0,1	V
Paprikamark, *Kühne*, 1 TL	19	1	F
Paprika-Nuss-Aufstrich, *Vitam*, 10 g	17	1	F
Paprika-Pastete, Vegetabile, *Tartex*, 25 g	60	4	F
Paprikasalami	378	33	F
Paprikaschoten	20	0,3	V
Paprikaschote, 1 Stück, 150 g	28	0,4	V
Paprikaschoten, 1000 g Einkauf	187	2,7	V
Paprika-Spread, Vitamin, 1 EL	25	1	F
Paprikastreifen, TK, *Bofrost*	26	0,3	V
Paprikawurst, *Höhenrainer*	129	5	F
Paradeiser	54	0,6	V
Paradeiser, 1 Stück, 150 g	76	0,8	V
Paradeisermark, 1 EL	23	0,3	K
Paradiescreme, ohne Kochen, *Dr. Oetker*, 1 Portion, i.D.	129	4,9	FK
Paranüsse	714	60	BV
Paranüsse, 3 Kerne	130	11	BV
Pariser Cornichons, *Hengstenberg*	25	0,2	
Parisergipfel, 1 Stück	141	10	FK
Parmaschinken	340	30	EF
Parmesan	395	26	EF
Parmesan-Streukäse, 1 EL	79	5	EF
Parmesan-Streukäse, 1 TL	30	2	EF
Partyfrikadellen, TK, *Bofrost*, 1 Stück	44	3	F
Partysalat, i.D.	158	14	F
Partyschnitzel, »Wiener Art«, TK, *Bofrost*	164	5,5	FK
Passato, *Oro di Parma*	28	0,1	
Passionsfrucht	67	0,4	MV
Passionsfrucht, 1 Stück, 40 g	27	0,2	MV
Passionsfruchtsaft, 0,1 l	61	0,4	V
Pasta Gnocchi alla Pomodore, TK, *Iglo*	135	4	K
Pasta Snacks, Nudeln in Broccoli-Creme-Sauce, *Maggi*, 1 Portion	312	10	FK
Pasta Snacks, Nudeln in Käse-Sauce, *Maggi*, 1 Portion	298	8	K
Pasta Snacks, Nudeln in Pilz-Sauce, *Maggi*, 1 Portion	256	4,3	K
Pasta Snacks, Nudeln in Tomaten-Creme-Sauce, *Maggi*, 1 Portion	311	7	K
Pastetenfüllung, Fleisch für 1 Stück, i.D.	160	10	F
Pastinaken	68	0,4	B

P

	kcal	Fett(g)	Nw
Patna Wildreis, TK, *Iglo*	80	0,2	B
Patriarch, 45% Fett i.Tr., *Champignon*	385	30	F
Pecorino, 36% Fett i.Tr.	368	30	F
Pekannüsse	700	72	FV
Pekannüsse, 6 Kerne	100	10	FV
Pekingkohl	12	0,3	MV
Pekingkohl, 500 g Einkauf	54	1,4	MV
Pektin-K, *Dr. Ritters*, 2 EL	9	0	
Pellkartoffeln	79	0,1	EV
Penne all'arabbiata, *Hilcona*	172	3,3	K
Penne Gorgonzola, TK, *Iglo*	134	4,1	K
Penne mit Basilikum, *Natur Korn*	347	0,3	K
Penne Rigate, *Buitoni* (roh)	362	2	K
Penne »Tomate-Mozzarella«, TK, *Eismann*	149	5	K
Pennette Rigate, *Buitoni* (roh)	362	2	K
Peperoncini, *Specht*	25	*	
Peperoni	28	0,3	
Perlzwiebel, eingelegt, 1 Stück	1	0	
Pernod, 40%, 2 cl	68	0	
Persimone	69	0,3	MV
Pesto alla Genovese, *Buitoni*	546	54	F
Petersfisch	88	2	E
Petersilie, gehackt, 1 EL	5	0	MV
Petersilie, TK, *Iglo*, 25 g	8	0	MV
Petersilie-Knoblauch, Kräuterlinge, *Knorr*, 1 Würfel	39	3	
Petersilienwurzel	40	0,5	M
Pfälzer, 1 Stück, 70 g	270	25	F
Pfälzer Leberwurst, *Du darfst*	257	21	F
Pfannengemüse »Bauernart«, TK, *Iglo*	109	5,7	F
Pfannengemüse »Ital. Art«, TK, *Iglo*	59	3	F
Pfannenquartett, TK, *Eismann*, i. D.	123	3	K
Pfannen-Sahne-Sauce, *Thomy*	253	26	F
Pfeffer	0	0	
Pfeffer, grün, *Hengstenberg*	26	0,8	
Pfefferkuchenherz, 1 Stück	25	0,8	K
Pfefferminzdrops, 1 Stück	20	0	K
Pfefferminzlikör, 30%, 2 cl	72	0	
Pfeffersack, *Höhenrainer*	125	5	F
Pfeffer-Sahne-Sauce, *Thomy*	115	7,5	FK
Pfefferschote, scharf, 1 Stück	18	0,2	
Pfeffersoße, *Maggi*, 1/4 l, zubereitet	115	5,3	F
Pfeffer-Soße, *Knorr*, 1 Beutel	200	15	F
Pferdefleisch, i. D.	118	2,7	E
Pfifferlinge	12	0,5	MV
Pfifferlinge, 500 g Einkauf	37	1,5	MV

Nw = Nährwerte, E = viel Eiweiß – bevorzugt essen, F = viel Fett – vorsichtig essen
K = viele Kohlenhydrate – überlegt essen, M = viele Mineralstoffe – bevorzugt essen
V = viele Vitamine – bevorzugt essen, B = Ballaststoffe – gezielt essen

P

	kcal	Fett(g)	Nw
Pfifferlinge (Dose)	13	0,7	
Pfifferlingrahm-Suppe, *Erasco*, 1 Teller	128	8	F
Pfifferlingssuppe, Fränkische, *Maggi*, 1 Teller	119	7,5	F
Pfirsich	43	0,1	MV
Pfirsich, 1 Stück, 125 g	53	0,1	MV
Pfirsich, 500 g Einkauf	212	0,5	MV
Pfirsich (Dose)	69	0,1	
Pfirsich, getrocknet	244	0,6	BK
Pfirsichbowle, 0,2 l	170	0	
Pfirsich-Saft, »trink-Genuß«, *Granini*, 0,1 l	51	0	V
Pflanzenfleisch (aus Soja)	106	6	EF
Pflanzliches Schmalz mit Apfel und Zwiebel, *Vitaquell*	830	89	F
Pflaumen	49	0,2	MV
Pflaume, 1 Stück, 10 g	4	*	MV
Pflaumen, 500 g Einkauf	245	0,9	MV
Pflaumen (Dose)	75	0,1	
Pflaumen, getrocknet, mit Kern, 1 Stück, 6 g	15	*	BK
Pflaumen, getrocknet, mit Kernen	222	*	BK
Pflaumen, getrocknet, ohne Kerne	286	*	BK
Pflaumenmus, 1 TL	16	*	K
Pflaumenmus, *Schneekoppe*	153	0,2	K
Pflaumenmus, »Holsteiner Pfl.«, *Schwartau*, 1 TL	23	*	K
Pflaumensaft, 0,1 l	100	0	
Physalis	92	1	MV

	kcal	Fett(g)	Nw
Pic Sticks, *Specht*	43	0,1	K
Pikante China-Suppe, *Erasco*, 1 Teller	118	4,8	F
Pilgermuscheln	72	1	E
Pilgermuscheln, 100 g Einkauf	130	1,8	E
Pils, 0,33 l, i. D.	146	0	
Pilze, s. a. einzelne Sorten			
Pilze, i. D.	15	0,2	MV
Pilze, getrocknet, 10 g, i. D.	27	0,5	MV
Pilzragout, 1 Portion, *Du darfst*	230	6	
Pims Cake, *DeBeukelaer*, i. D.	413	12	FK
Pinienkerne	618	52	F
Pinienkerne, 1 EL, 20 g	124	10	F
Pistazien, *Lorenz*	605	51,6	F
Pizza Al Forno 4 Käse, TK, *Iglo*, 300 g	789	33	FK
Pizza Bellisima »Tonno«, TK, *Bofrost*	247	10,9	FK
Pizza Crossa Blattspinat-Champignon, TK, *Iglo*, 290 g	579	27	FK
Pizza Crossa Bolognese, TK, *Iglo*, 290 g	742	35	FK
Pizza Crossa Classica, TK, *Iglo*, 290 g	702	38	FK
Pizza Fix Origano, *Oro di Parma*	53	0,3	K
Pizza Fix Peperoncini, *Oro di Parma*	19	0,2	K
Pizza Ristorante Mozzarella, *Dr. Oetker*, 1 Pizza	897	47,5	FK
Pizza Ristorante, Salame, TK, *Dr. Oetker*, 1 Pizza	884	47,4	FK

P

	kcal	Fett(g)	Nw
Pizza Ristorante, Spinaci, TK, *Dr. Oetker*, 1 Pizza	870	47	FK
Pizza Ristorante Vegetale, TK, *Dr. Oetker*, 1 Pizza	792	35,9	FK
Pizza Fertigteig, *Sanella*	285	4	K
Pizzaleberkäs, *Höhenrainer*	207	15	F
Pizza Pesto, *Hilcona*	299	13	FK
Pizzarella-Scheibletten, 45% Fett i.Tr., *Kraft*, 1 Scheibe, 20 g	72	4	F
Pizzateig Amerikanische Art, BM, *Dr. Oetker*	328	1,1	K
Pizzateig, Frischteig, *Nestlé*, 1 Packung	925	48	FK
Pizza Teig, *Mondamin*, 1 Beutel	1030	40	FK
Pizzettis, TK, *Bofrost*	226	9,2	FK
Plavac, feinherb, 0,25 l	176	0	
Plavac, mild, 0,25 l	187	0	
Plockwurst, i. D.	483	43	F
Pocket Coffee, *Ferrero*	404	18,2	F
Pocket Coffee, *Ferrero*, 1 Stück	51	2,3	F
Pökelfleisch, i. D.	186	12	F
Pökelzunge	230	16	F
Polenta, gekocht, 1 EL	50	0,4	E
Polentamehl	333	2,8	
Polentamehl, 1 EL	67	0,6	
Polpa, *Oro di Parma*	19	0,2	
Pomelo	42	0,2	V
Pomelo, 1 Stück, 250 g	81	0,4	V

	kcal	Fett(g)	Nw
Pommes chips, 1 Stück	10	0,6	F
Pommes frites (fritiert), 150 g, i. D.	330	13	FK
Pommes frites, TK	130	6	FK
Pommes frites, ofenfertig, TK, 150 g	260	8	FK
Pompoms, TK, *McCain*	186	8	F
Pomps Kindergrieß	340	0	K
Popcorn	150	1	K
Popcorn, 1 EL	8	*	K
Pops, *Kellogg's*, 30 g mit Milch	175	2,4	K
Porree, grün	27	0,3	MV
Porree, weiß	36	0,3	MV
Porree, 500 g Einkauf	81	0,9	MV
Portulak	26	0,3	
Portwein, 5 cl	70	0	
Poularde, s. a. Hähnchen			
Poularde	166	10	EF
Poulet, s. a. Hähnchen			
Poulet	166	10	EF
Powidl	230	0	K
Powidl, 1 TL	23	0	K
Prager Gurken, *Specht*	25	1	
Prairie Oyster, 1 Glas	170	7	F
Praline, 1 Stück, i. D.	60	4	FK
Pralinen-Auslese, Edle, *Schneekoppe*, 1 Stück	44	2	FK
Pralinen-Duo Kokos/Zabaione, *Schneekoppe*, 1 Stück	64	4	FK
Pralinenmischung, Feinste, *Sionon*	531	35	FK
Preiselbeeren	35	0,7	MV

Nw = *Nährwerte*, **E** = *viel Eiweiß – bevorzugt essen*, **F** = *viel Fett – vorsichtig essen*
K = *viele Kohlenhydrate – überlegt essen*, **M** = *viele Mineralstoffe – bevorzugt essen*
V = *viele Vitamine – bevorzugt essen*, **B** = *Ballaststoffe – gezielt essen*

P

	kcal	Fett(g)	Nw
Preiselbeeren (Glas)	29	0	M
Preiselbeerkonfitüre	195	*	K
Preiselbeerkonfitüre, 1 TL	20	*	K
Preiselbeersoße	146	*	K
Premiumsalami, *Höhenrainer*	276	20	F
Presssack, i. D.	322	25	F
Pringles Paprika	567	38	F
Pringles Right Barbecue, 1 Packung, 175 g	826	42	FK
Pringles Right Sour Cream & Onion	490	25	FK
Pringles Sel & Vinaigre	564	38	FK
Pringles Sel & Vinaigre, 1 kleine Packung, 50 g	282	18	FK
Prinzenrolle, *DeBeukelaer*, 1 Stück, 20 g	104	5	FK
Pro Cult extra leicht, *Müller*, 200 g, i. D.	116	0,2	E
Pro Cult Drink, *Müller*, i. D.	38	0,1	E
Pro Figur, Ananas, Apfel, 1 Becher	212	5	K
Prosciutto cotto, 80 g	90	2,3	
Prosecco	84	0	
Provolone, 50% Fett i.Tr.	366	30	F
Provolone, 20 g	73	6	F
Pudding, s. a. einzelne Sorten			
Pudding, einfach, mit Milch, 1 Portion, i. D.	150	1	K
Pudding, Grieß-, mit Kirschsoße, *Nestlé*, 1/4 Becher	136	3	K
Pudding mit Soße, *Dr. Oetker*, 1 Portion, i. D.	111	1,2	K
Puddingpulver, 1 Päckchen, i. D.	128	0,1	K
Puddingpulver, zubereitet, *Dr. Oetker*, 1 Portion	108	3,1	K
Puderzucker	350	0	K
Puderzucker, 1 TL	20	0	K
Puffreis, 1 EL	8	*	
Puffreis, 1 Tasse	58	0,4	
Pulverkaffee	0	0	
Pumpernickel	182	1	BV
Pumpernickel, 1 runde Scheibe, 20 g	36	0,2	BV
Pumpernickel, 1 Scheibe, 40 g	72	0,4	BV
Punica, Orange	90	0	
Puszta-Salat, *Kühne*	29	0,2	
Pute, s. a. Truthahn			
Pute	163	8	EF
Pute in Aspik, *Höhenrainer*, i. D.	78	2	E
Putenbrust	115	1	E
Putenbrust, geräuchert	123	3	E
Putencurry »Mandarin«, TK, *Eismann*	130	6	E
Putenherzen	122	4	EF
Putenkeule	125	5	EF
Putenleber	147	5	EF
Putenleberwurst mit Oligofructose, *Du darfst*	222	18	E
Putengeschnetzeltes, *Erasco*, 1 Portion	419	15	F
Putensalami, *Du darfst*	296	24	EF
Putensalat, *Du darfst*	157	9,8	EK
Putenschnitzel, TK, *Eismann*	106	2	E

Q

	kcal	Fett(g)	Nw
Quality Street, 1 Stück	92	4	FK
Quargel, 1 Stück, 25 g	38	0,1	E
Quark, mager	78	0,2	E
Quark, mager, 1 EL	23	*	E
Quark, 20%	116	5	EF
Quark, 20%, 1 EL	35	1,6	EF
Quark, 40%	167	11	EF
Quark, 40%, 1 EL	50	3,6	EF
Quark, Diät mit Früchten und Vollkorn, *Ehrmann*	101	5	EF
Quark, Frucht-, 20%	147	5	EF
Quarkfein Cremepulver, zubereitet, *Dr. Oetker*, i.D.	104	1,5	E
Quarkreis, versch. Sorten, *Exquisa*, i.D.	134	6	FK
Quitten	38	0,5	MV
Quitte, 1 Stück, 150 g	48	0,6	MV
Quitten, 500 g Einkauf	160	2,1	MV
Quittengelee, 1 TL	25	*	K
Quittenmark, 20 g	60	0,5	K
Quittensaft, 0,1 l	64	*	

R

	kcal	Fett(g)	Nw
Raclettekäse, Walliser, 52% Fett i.Tr.	401	26	F
Raclettekäse, 20 g	80	6	F
R'Activ Multivitamin	20	0	V
R'Activ Orangen-Getränk	40	0	V
Radi	14	0,2	BV
Radicchio	27	0	V
Radieschen, 1 Bund, 80 g	11	0,1	MV
Radlermaß, 1 l	526	0	
Räucherschinken, roh	366	33	F
Raffaello, *Ferrero*, 1 Stück	60	4,7	FK
Ragout fin (Dose), 125 g	225	13	F
Ragout Fin mit Champignons, *Herta-Dörffler*	130	7,9	F
Ragout, Vegetarisches, *Tartex*, 1 Portion	255	14	F
Rahm, s. a. Sahne			
Rahm, 10%, 0,1 l	126	10	F
Rahm, 10%, 1 EL	13	1	F
Rahm, 30%, 0,1 l	317	30	F
Rahm, 30%, 1 EL	32	3	F
Rahm, 30%, 1 TL	16	1,5	F
Rahm, 10%, geschlagen, 1 EL	16	1,5	F
Rahmblattspinat, TK, *Bonduelle*	68	3,3	F
Rahm-Blumenkohl, TK, *Iglo*, 150 g	150	11	F
Rahmbratensauce, *Unox*	243	24	F
Rahmfrischkäse, *Gervais*	264	25	F
Rahm-Kohlrabi, TK, *Iglo*	93	6,8	F
Rahm-Porree, TK, *Iglo*	64	4	F
Rahmsoße, *Knorr*, 1/4 l	162	8	F
Rahmspinat, TK, *Iglo*	63	3,4	F
Rahm-Wirsing, TK, *Iglo*	76	4	F
Raki, 45%, 2 cl	68	0	
Rama	720	80	F
Rambutan	75	0,3	
Ramee-Camembert, 55% Fett i.Tr.	351	26	F

Nw = *Nährwerte*, **E** = *viel Eiweiß – bevorzugt essen*, **F** = *viel Fett – vorsichtig essen*
K = *viele Kohlenhydrate – überlegt essen*, **M** = *viele Mineralstoffe – bevorzugt essen*
V = *viele Vitamine – bevorzugt essen*, **B** = *Ballaststoffe – gezielt essen*

R

	kcal	Fett(g)	Nw
Ramee-Royal Tarte, 60% Fett i.Tr.	398	33	F
Randen	44	0	MV
Randen, 1000 g Einkauf	344	0	MV
Rapsöl	900	100	F
Rapsöl, 1 EL	90	10	F
Rapsöl, *Vitaquell*	819	91	F
Rapunzel	14	0,2	MV
Raspelschokolade, Zartbitter, *Schwartau*	487	27	FK
Ratatouille, *Bonduelle*	39	0,8	K
Ratsherrentopf, Minuto, *Birkel*	88	4	FK
Rauchfleisch, fett	450	41	F
Rauchfleisch, mager	260	21	F
Ravioli in Tomatensauce, *Maggi*, 1 Dose	664	12	K
Ravioli 4 formaggi, *Buitoni* Fresco, 1 Portion, 125 g	386	16	K
Ravioli Spinaci, *Hilcona*	196	4,2	K
Ravioli, Vegetarische, *Tartex*, 1 Portion	190	6	K
Rebhuhn	144	7	EF
Red Snapper	104	1	E
Regenbogenforelle	112	2,9	E
Regenbogenforelle, 200 g Einkauf	116	3	E
Regensburger, 1 Stück, 70 g, i.D.	165	8	F
Regina-Trauben	68	0,2	V
Regina-Trauben, 1000 g Einkauf	660	2	V
Reh	127	2	E
Rehgeschnetzeltes, TK, *Eismann*, 250 g	257	7,5	EK
Rehkeule	106	1,3	E
Rehrücken	133	3,7	E
Rehschlegel	106	1,3	E
Reherl	15	0,2	MV
Reiberdatschi, TK, gebraten, 1 Stück	185	2,3	FK
Reibkäse, *Hofmeister*	384	30	F
Reineclauden	56	0,2	MV
Reineclaude, 1 Stück, 10 g	6	*	MV
Reineclaude, 500 g Einkauf	269	1	MV
Reis, Natur-	347	2,2	MV
Reis, poliert	340	0,5	K
Reis, gekocht (poliert)	106	0,2	K
Reis, Basmati & Thai-, *Uncle Ben's*	346	0,4	MV
Reis, Langkorn & Wild-, *Uncle Ben's*	342	1	MV
Reis, Natur-, *Uncle Ben's*	340	2,4	MV
Reis, Patna-Spitzen-Langkorn-, *Uncle Ben's*	342	0,4	MV
Reis, 10-Minuten-, *Uncle Ben's*	337	0,5	MV
Reisflocken	300	3	E
Reisflocken, 1 EL	10	0,1	E
Reisgebäck, jap., 50 g	215	4	K
Reismehl	371	2,4	K
Reismehl, 1 EL	74	0,5	K
Reisstärke	343	0	K
Reisstärke, 1 EL	69	0	K
Reisstärke, 1 TL	23	0	K
Reistag, *Dr. Ritters*, 80 g	295	2	B
Reizker	14	0,7	MV
Relish, Barbecue-, *Kraft*, 1 EL	72	0,7	
Relish, Exotic-, *Kraft*, 1 EL	68	0,6	
Relish, Fondue-, *Kraft*, 1 EL	64	0,7	
Relish, Mexican-, *Kraft*, 1 EL	48	0,8	

R

	kcal	Fett(g)	Nw
Remoulade, *Thomy*	712	77,1	F
Remoulade, 50%	502	52	F
Remoulade, 50%, 1 EL	150	13	F
Remoulade, 80%	774	82	F
Remoulade, 80%, 1 EL	232	21	F
Renke	108	5	EF
Renke, 200 g Einkauf	146	7	EF
Rentierfleisch, i. D.	118	1,5	E
Rentierschinken	264	25	EF
Rettich	14	0,2	BV
Rettich, 1 Stück, 200 g	25	0,4	BV
Rhabarber	13	0,1	MV
Rhabarber, 1000 g Einkauf	100	0,8	MV
Rhabarbertrunk, *Wertkost*, 0,1 l	53	0	MV
Rheinischer Sauerbraten, TK, *Eismann*, 250 g	250	7	FK
Ribisel, rot	33	0,2	BV
Ribisel, schwarz	39	0,2	BV
Ribisel, weiß	30	*	BV
Ribisel-Jam, 1 TL	26	*	K
Ribiselsaft, rot, 0,2 l	100	0,4	MV
Ribiselsaft, schwarz, 0,2 l	110	0,4	MV
Ricard, 43%, 2 cl	68	0	
Rice Krispies, *Kellogg's*, 30 g mit Milch	171	2,2	K
Ricotta, 30% Fett i. Tr.	183	16	F
Ricotta Finetta, *Galbani*	165	13,3	F
Riesen-Bockwurst, 1 Stück	267	24,7	F
Riesen-Garnelen in Öl, *Nadler*	122	5,6	E

	kcal	Fett(g)	Nw
Rigatoni, *3 Pauly*	345	1	K
Rigatoni alla Carbonara, *Hilcona*	172	7	K
Rinderbrust	211	15	F
Rinderfilet	126	5	EF
Rindergulasch, *Du darfst*, 1 Portion	370	10	EK
Rinderhals	158	9	F
Rinderherz	133	6	EF
Rinderhirn	137	10	F
Rinderleber	100	2	
Rinderlunge	107	3	E
Rinderniere	122	5	
Rinderroulade, *Du darfst*, 1 Portion	336	12	EK
Rindersuppe, Würfel, 1 Teller	15	1	F
Rindertafelspitz	167	10	
Rindertalg	920	96	F
Rinderzunge	223	14	F
Rindfleisch, Blume, Rosenspitz	220	2	
Rindfleisch, Brust, Brustkern	271	7	F
Rindfleisch, Bug, Schulter	151	4	
Rindfleisch, Fehlrippe	243	7	F
Rindfleisch, Hochrippe, Schorrippe, Rostbraten	161	9	EF
Rindfleisch, Kamm, Hals	158	9	EF
Rindfleisch, Lende, Roastbeef	129	4	EF
Rindfleisch, Oberschale	131	2	E
Rind, Runde, Nuss	103	2	
Rindfleisch, Schlegel, Keule	160	7	EF

Nw = *Nährwerte*, **E** = *viel Eiweiß – bevorzugt essen*, **F** = *viel Fett – vorsichtig essen*
K = *viele Kohlenhydrate – überlegt essen*, **M** = *viele Mineralstoffe – bevorzugt essen*
V = *viele Vitamine – bevorzugt essen*, **B** = *Ballaststoffe – gezielt essen*

R

	kcal	Fett(g)	Nw
Rindfleisch, Schulterblatt	163	10	EF
Rindfleisch, Schwanz	184	12	EF
Rindfleisch, Spannrippe, Querrippe	161	9	F
Rindfleischbeinscheibe	141	6	F
Rindfleischkonserven, i. D.	225	7	F
Rindfleisch-Nudeltopf, *Erasco*, 1 Teller	130	3,5	FK
Rindfleisch-Suppe, *Maggi*, 1 Teller	62	1,6	FK
Rindfleischsuppe mit Nudeln, *Knorr*, 1 Teller	62	1,3	FK
Rindsbouillon, *Maggi*	6	0,4	F
Rindsroulade	114	3	
Ringäpfel	279	3	BK
Ringäpfel, 1 Ring	28	0,3	BK
Rioja, 0,25 l	167	0	
Ritter Rum, *Ritter Sport*	533	33	FK
Ritz Cracker	494	23	FK
Roastbeef	129	4	E
Robiola Kräuter, Frischkäsezubereitung, 75% Fett i.Tr., *Kraft*	325	33	F
Rochen	85	1	E
Römersalat	17	0,2	V
Römische Pflaumen	292	0,9	BK
Römische Pflaumen, 1 Stück	45	0,1	BK
Rösti im Frischepack, *Pfanni*, 1 Portion	210	8	F
Rösti, TK, *McCain*	185	9	F
Rostini, *Maggi*, nicht zubereitet, 1 Packung	316	0,5	F
Röstzwiebeln	250	13	F
Roggen, ganzes Korn	293	1,7	E
Roggenbrötchen, 1 Stück	110	1	K
Roggenbrot	256	1	B
Roggenbrot, 1 Scheibe, 40 g	102	0,4	B
Roggen-Edel-Kleie, *Steinmetz*, 5 g	9	0,2	B
Roggenflocken, 10 g	30	0,2	B
Roggenkeime, getrocknet	404	11	BV
Roggenkeime, 1 EL	42	0,9	BV
Roggen-Knäcke-Brot, 1 Scheibe	37	0,1	BK
Roggenmehl, Type 997	312	1,1	BK
Roggenmehl, Type 997, 1 EL	62	0,2	BK
Roggenmischbrot, 1 Scheibe, 40 g	102	0,4	B
Roggenvollkornbrot	193	1,2	B
Roggenvollkornbrot, 1 Scheibe, 40 g	77	0,5	B
Roggenvollkornmehl, Type 1150	319	1,3	B
Rollmops, *Norda*	179	14	F
Rollmops, Brat-, *Norda*	196	14	F
Rollschinken	252	25	EF
Rolo, Toffee, 1 Stück	24	1	FK
Romadur, 20% Fett i.Tr.	183	9	F
Romadur, 30% Fett i.Tr.	231	14	F
Romadur, 40% Fett i.Tr.	288	20	F
Romadur, 50% Fett i.Tr.	326	26	F
Roquefort, 50% Fett i.Tr.	366	31	F
Rosé, Amselfelder, 0,25 l	195	0	
Rosé, Côtes de Provence, 0,25 l	184	0	

R

	kcal	Fett(g)	Nw
Rosé, Mateus Rosé, 0,25 l	175	0	
Rosé, Œil de Perdrix, 0,25 l	176	0	
Rosé, Tavel, 0,25 l	172	0	
Rosé, Württemberger Schiller, 0,25 l	159	0	
Rosenapfel	54	0,6	
Rosenkohl, 500 g Einkauf	210	2,4	BV
Rosenkohl, TK, *Iglo*	38	0,1	BV
Rosenkohl, Rahm-, TK, *Iglo*	147	10	MV
Rosinen	276	0,5	BK
Rosinen, klein, 12 Stück, 5 g	41	0,1	BK
Rosinenbrot, 1 Scheibe, 40 g	135	0,4	K
Rostbratwürste, TK, *Bofrost*	277	25	F
Rostbratwurst Thüringer Art, *Herta*	317	29	F
Rotbäckchen Rot, *Rabenhorst*, 0,1 l	68	0	V
Rotbarsch, 200 g Einkauf	109	4	EF
Rotbarsch, geräuchert	145	5	EF
Rotbarschfilet	114	4	EF
Rotbarschfilet, TK, 1 Stück	105	5	EF
Rote Bete	44	0,1	MV
Rote Bete, 1000 g Einkauf	344	0,8	MV
Rote Bete Salat, *Hengstenberg*	42	0,1	MV
Rote-Bete-Saft, 0,1 l	42	0	MV
Rote-Bete-Saft, *Schneekoppe*	40	0	V
Rote-Früchte-Diät-Nektar, *Hipp*	21	0	V
Rote Grütze, i. D.	191	2	K
Rote Grütze mit Bourbon-Vanille-Soße, *Dr. Oetker*	108	1,2	K
Rote Grütze Diabetiker mit Bourbon-Vanille-Soße, *Dr. Oetker*	64	1,2	K
Rote Grütze, versch. Sorten, *Kühne*, i. D.	99	0,2	K
Rote Grütze, »leicht«, versch. Sorten, *Kühne*, i. D.	59	0,2	K
Rote Grütze, *Schwartau*	120	0	K
Rote Meerbarbe	107	1	E
Rote Rüben	44	0,1	MV
Rotessa, Rotkraut oder Rotkohl, *Hengstenberg*	46	0,1	B
Rotkappe	14	0,8	
Rotkohl (Rotkraut)	25	0,2	B
Rotkohl mit feinen Zutaten, *Hengstenberg*	46	0,1	B
Rotwein, deutsch, Ahr, 0,25 l	152	0	
Rotwein, deutsch, Ingelheimer Spätburgunder, 0,25 l	180	0	
Rotwein, deutsch, Rheingau, Spätburgunder, Spätlese, 0,25 l	177	0	
Rotwein, deutsch, Württemberger Trollinger, 0,25 l	154	0	

Nw = *Nährwerte*, **E** = *viel Eiweiß – bevorzugt essen*, **F** = *viel Fett – vorsichtig essen*
K = *viele Kohlenhydrate – überlegt essen*, **M** = *viele Mineralstoffe – bevorzugt essen*
V = *viele Vitamine – bevorzugt essen*, **B** = *Ballaststoffe – gezielt essen*

R

	kcal	Fett(g)	Nw
Rotwein, franz., Beaujolais, 0,25 l, i. D.	167	0	
Rotwein, franz., Bordeaux, 0,25 l, i. D.	175	0	
Rotwein, franz., Burgund, 0,25 l, i. D.	175	0	
Rotwein, franz., Châteauneuf-du-Pape, 0,25 l	192	0	
Rotwein, franz., Côtes du Rhône, 0,25 l	162	0	
Rotwein, franz., Loire, 0,25 l, i. D.	165	0	
Rotwein, franz., Vin de Pays, 0,25 l, i. D.	190	0	
Rotwein, italien., Barbera, 0,25 l	175	0	
Rotwein, italien., Barolo, 0,25 l	187	0	
Rotwein, italien., Chianti, 0,25 l, i. D.	177	0	
Rotwein, italien., Kalterer See, Auslese, 0,25 l, i. D.	156	0	
Rotwein, italien., Valpolicella, 0,25 l, i. D.	175	0	
Rotwein, jugoslaw., Amselfelder, 0,25 l	189	0	
Rotwein, jugoslaw., Plavac, feinherb, 0,25 l	176	0	
Rotwein, jugoslaw., Plavac, mild, 0,25 l	187	0	
Rotwein, österreich., Blaufränkischer, 0,25 l	186	0	
Rotwein, schweizer., Dôle du Valais, 0,25 l	170	0	
Rotwein, span., Rioja, 0,25 l, i. D.	167	0	

	kcal	Fett(g)	Nw
Rotwein, ungar., Erlauer Stierblut, 0,25 l	204	0	
Rotwein Essig, *Hengstenberg*	19	0	
Rot-Weiß, Ketchup & Mayonnaise, *Thomy*	432	39,8	FK
Rougette, *Champignon*	430	41	F
Ruchbrot, 1 Scheibe, 40 g	98	0,4	B
Ruchmehl	335	2	K
Rübensirup, Rübenkraut	275	0,5	K
Rübensirup, 1 EL	55	0,1	K
Ruebli	28	0,2	MV
Ruebli, 500 g Einkauf	112	0,8	MV
Rübstiele	11	0,1	
Rübstiele, 500 g Einkauf	45	0,4	
Rührei, 1 Stück	120	9	F
Rum, 54%, 2 cl	74	0	
Rum, Stroh-, 80%, 2 cl	134	0	
Rum, Verschnitt, 38%, 2 cl	62	0	
Rum, weiß, 38%, 2 cl	50	0	
Rum-Aroma, 1 Fläschchen	2	0	
Rumkugeln	533	33	FK
Rumkugeln, 1 Stück	53	3	FK
Rum mit Cola (0,2 l Cola + 2 cl Rum)	162	0	K
Rumrosinen, *Schwartau*	253	0,8	K
Russisch Brot	388	*	K
Russischer Borschtsch, 0,25 l	70	3	
Russischer Zupfkuchen, BM, *Dr. Oetker*, 1 Portion	391	23,2	FK

S

	kcal	Fett(g)	Nw
Sacher-Torte, *Coppenrath & Wiese*, 1 Stück	314	15	FK
Saftschinken, Kasseler Art, *Höhenrainer*	125	5	F
Sagomehl	349	0	BK
Sagomehl, 1 EL	70	0	BK
Sahne, 10%, 0,1 l	126	10	F
Sahne, 10%, 1 EL	13	1	F
Sahne, 30%, 0,1 l	317	30	F
Sahne, 30%, 1 EL	32	3	F
Sahne, 30%, 1 TL	16	1,5	F
Sahne, geschlagen, 1 Portion	160	15	F
Sahne, geschlagen, 1 EL	45	4	F
Sahne, sprühfertig, *Natreen*, 1 EL	19	*	
Sahnefestiger, gezuckert, 10 g	40	1	K
Sahnekaramelle, 1 Stück	40	1	K
Sahne-Meerrettich, *Thomy*, 1 EL	71	6	F
Sahne-Pudding versch. Sorten, *Landliebe*, 150 g, i.D.	240	13,2	FK
Sahne-Pudding, *Ehrmann*, i. D.	158	9	FK
Sahnepulver, 10 g	60	4	F
Sahnequark, 40%	167	11	F
Sahne-Sauce für Fischgerichte, *Thomy*	191	18,9	F
Sahne-Schmelzkäse, 60% Fett i.Tr., 1 Ecke, 62,5 g	194	19	F
Sahne-Soße-Bourbon-Vanille, *Dr. Oetker*, 1 Portion	270	8,8	F
Sahnesteif, *Dr. Oetker*, 8 g	29	0	
Sahnetop, Fertigdessert, *Natreen*	67	5	FK
Sahnetop, Schokodessert, *Natreen*, 125 g	83	5	FK
Sahne-Tortenhilfe, *Dr. Oetker*, 150 g	397	0	K
Sahne-Windbeutel, Vanille, *Coppenrath & Wiese*	247	16,1	FK
Sahnige Erdbeere, Landliebe, *Dr. Oetker*	195	9	F
Sahnige Vollmilch-Schoko, Landliebe, *Dr. Oetker*	240	13	F
Salami, deutsche, i. D.	383	33	F
Salami, *Du darfst*	310	24	F
Salami Extra, *Herta*, 30 g	114	10	F
Salami, *Höhenrainer*	215	15	F
Salami-Schmelzkäse, 45% Fett i.Tr.	157	13	F
Salat Gärtnerei, *Natreen*	24	0	
Salatcreme, Diät, *Becel*	407	40	F
Salat-Creme, *Thomy*	287	25,8	F
Salat-Creme, Joghurt, *Thomy*, 1 EL	34,4	3	F
Salat-Croutons versch. Sorten, *Knorr*, 1 Beutel, i.D.	136	9	F

Nw = *Nährwerte*, **E** = *viel Eiweiß – bevorzugt essen*, **F** = *viel Fett – vorsichtig essen*
K = *viele Kohlenhydrate – überlegt essen*, **M** = *viele Mineralstoffe – bevorzugt essen*
V = *viele Vitamine – bevorzugt essen*, **B** = *Ballaststoffe – gezielt essen*

S

	kcal	Fett(g)	Nw
Salatfix, American »leicht«, *Kühne*, 1 EL	21	1	F
Salatfix mit Gartenkräutern, *Kühne*, 1 EL	53	5	F
Salatkräuter, TK, *Iglo*, 25 g	12	0	V
Salatkrönung, *Knorr*, 1 Beutel	24	*	
Salatkrönung, *Knorr*, 1 Beutel zubereitet, i. D.	295	30	F
Salat-Mayonnaise, *Thomy*	509	50,8	F
Salat-Mayonnaise, *Livio*, 1 EL	123	13	F
Salatsauce Balsamico, *Develey*	56	3	
Salatsauce Joghurt, *Develey*	209	20,5	FK
Salatsauce French Dressing, *Mövenpick*, 1 EL	90	10	F
Salatsauce Italian Dressing, *Mövenpick*, 1 EL	95	10	F
Salat-Saucen-fix, *Maggi*, 10 g, i. D.	24	0,2	
Salm	202	13	EF
Salm, 200 g Einkauf	278	18	EF
Salmiak-Pastillen, *Konsul*, 50 g	145	*	K
Salsa Carbonara, *Hilcona*	129	9	FK
Salsa Dip, mild-hot, *Lorenz*, 1 Packung	133	0,1	K
Salsa ai 4 formaggi, *Buitoni Fresco*	302	27,2	F
Salsa ai Funghi, *Buitoni Fresco*	154	13,6	F
Salsa Parmiggino Rosso, *Hilcona*	115	8	K
Salsa Pesto, *Hilcona*	465	45	F
Salsa, Texicana, *Maggi*	101	0,3	
Salz	0	0	
Salzbrezel, Lakritz-Konfekt, *Haribo*	350	0	K
Salzbrezeln, *Lorenz*	420	10	K
Salzdillgurke, 1 Stück, 50 g	5	*	
Salzgurken	17	0,2	
Salzhering	218	15	F
Salzhering, 200 g Einkauf	235	15	F
Salzletten, *Lorenz*, 1 Packung	405	12	K
Salzmandeln, 5 Stück	50	5	F
Salzstangen, 5 Stück	20	0,6	K
Salzsticks, 10 Stück	25	0,8	K
San-Daniele-Schinken	264	20	F
Sanddornbeeren	89	7	MV
Sanddornmark, 10 g	10	*	
Sandwichcreme, Soja-	90	9	F
Sandwich-Creme, *Thomy*	709	77,4	F
Sanella	720	80	F
Sangria, 0,2 l	200	0	
Sangrita, 5 cl	15	0	
Sangrita picante, 5 cl	15	0	
Sanoghurt, 1,5 %, *Heirler*, 150 g	81	2,3	E
Sanoghurt mit Früchten, 1,5 %, *Heirler*, 150 g, i. D.	131	1,9	E
Sapodille (Breiapfel)	89	1	M
Sapote	94	0,5	V
Sapote, 1 Stück, 85 g	70	0,4	V
Sardellen	164	2	E
Sardellenfilet in Öl, abgetropft, 1 Stück	15	0,2	F
Sardellenpaste, 1 TL	21	2	F
Sardinen (frisch)	135	5	E
Satsuma	46	0,3	V
Satsuma, 1 Stück, 40 g	18	0,1	V
Sauce Aioli, *Nadler*	691	75	F

S

	kcal	Fett(g)	Nw
Sauce al Gusto à la Bolognese, *Knorr*, 1 Packung	326	16	F
Sauce al Gusto Knoblauch, *Knorr*, 1 Packung	135	4	F
Sauce Béarnaise, *Thomy*	209	19	F
Sauce Béchamel, *Thomy*	213	21	F
Sauce double, für Fisch, Gemüse & Pasta	35	1	F
Sauce double, für dunkles Fleisch & Wild	50	3	F
Sauce double, für helles Fleisch & Gemüse	42	2	F
Sauce Hollandaise, *Thomy*, 1 EL	47	0,4	F
Sauce Tartare, *Kraft*, 1 EL	70	7	F
Sauerampfer	21	0,4	MV
Sauerbraten, TK, *Bofrost*	111	3,4	
Sauerkirschen	60	0	V
Sauerkirschen, 500 g Einkauf	266	0	V
Sauerkirschen (Dose)	70	0	
Sauerkirschkonfitüre, 1 TL	27	0	K
Sauerkirschkonfitüre mit Fruchtzucker, *Lihn*, 1 TL	17	0	K
Sauerkirschsaft, »leichter Genuß«, *Granini*, 0,1 l	25	0	V
Sauerkirsch-Sirup, *Vitaborn*, 1 EL	58	0	V
Sauerkirschsüßmost, 0,2 l	120	0	V
Sauerkraut	17	0,3	BV
Sauerkraut, *Mildessa*	17	0,1	BV
Sauerkrautsaft, *Rabenhorst*, 0,1 l	15	0	V
Sauerkrautsaft, *Schneekoppe*	13	0	V
Sauermilch, 3,5%, 0,25 l	165	9	EF
Sauerrahm, 10%, 1 EL	20	2	F
Sauerrahm, extra, 18%, 1 EL	30	3	F
Saure Sahne, s. Sauerrahm			
Scampi	82	1	E
Scampi, 1 Schwanz, geschält, 10 g	8	0,1	E
Schabefleisch, Kalb	123	3	E
Schabefleisch, Rind	130	3	E
Schaffleisch, s. a. Lamm			
Schaffleisch, fett	381	37	F
Schaffleisch, mager	208	14	EF
Schafkäse, 40% Fett i.Tr., i.D.	260	21	F
Schafkäse, Kaschkaval	346	36	EF
Schafkäse, Pecorino, 36% Fett i.Tr.	368	30	F
Schafkäse, Ricotta, 30% Fett i.Tr.	183	16	F
Schafmilch, 6%, 0,25 l	243	15	F
Schalotten	28	0,3	
Schalotten-Knoblauch-Essig, *Hengstenberg*	17	*	
Schaschlik Ketchup, *Kraft*, 1 EL	14	0,1	F
Schaschlik-Sauce, *Unox*, 1 EL	17	*	F
Schattenmorellen	60	0	V

Nw = *Nährwerte*, E = *viel Eiweiß – bevorzugt essen*, F = *viel Fett – vorsichtig essen*
K = *viele Kohlenhydrate – überlegt essen*, M = *viele Mineralstoffe – bevorzugt essen*
V = *viele Vitamine – bevorzugt essen*, B = *Ballaststoffe – gezielt essen*

S

	kcal	Fett(g)	Nw
Schattenmorellen, *Sonnen*	101	0	V
Schaumwein, s. a. Champagner			
Schaumwein, Asti Spumante, 0,1 l	82	0	
Schaumwein, Blanc Fussy, brut, 0,1 l	69	0	
Schaumzucker, i. D.	350	0	K
Schaumzucker mit Fruchtgummi, Fröschli, Krokodile	340	0	K
Schaumzucker, Dragierter, Baiser-Ostereier	390	0	K
Scheibletten, 45 % Fett i. Tr., *Kraft*, 1 Scheibe, 20 g, i. D.	59	4,6	F
Scheibletten, »leicht«, *Kraft*, 1 Scheibe, 20 g	41	2,2	F
Schellfisch	77	0,6	E
Schellfisch, geräuchert	93	0,7	E
Schichtkäse, 10 % Fett i. Tr.	78	2	
Schichtkäse, 20 % Fett i. Tr.	116	5	F
Schichtkäse, Sahne-, 40 % Fett i. Tr.	167	11	F
Schill	83	0,7	E
Schillerlocken	302	24	F
Schimmelpilzkäse, 50 % Fett i. Tr., i. D.	370	30	F
Schinken, gekocht	135	3	E
Schinken, geräuchert, roh, mit Fettrand	366	33	F
Schinkenaufschnitt, *Du darfst*	200	15	F
Schinken-Lauch-Salat, *Du darfst*	137	10	F
Schinken-Nudeln, Wirtshaus, *Maggi*, 1 Beutel	647	8,1	FK
Schinkenplockwurst, i. D.	483	43	F
Schinken-Sahne-Sauce, *Thomy*	105	8	F
Schinkenrotwurst, i. D.	217	17	F
Schinkenspeck	658	35	F
Schinken, Truthahn-, gekocht	126	5	EF
Schinkenwurst, *Höhenrainer*	162	10	F
Schlagobers, 1 Port.	160	15	F
Schlagobers, 1 EL	45	4	F
Schlagobers, gesüßt, 1 TL	28	2,5	F
Schlagrahm, *Weihenstephan*, 30 %	293	30	F
Schlagsahne, 1 Port.	160	15	F
Schlagsahne, 1 EL	45	4	F
Schlagsahne, gesüßt, 1 TL	28	2,5	F
Schleie	85	0,8	E
Schlemmer-Filet à la Bordelaise, TK, *Iglo*	166	10	F
Schlemmer-Filet Champignon, TK, *Iglo*	220	16	F
Schlemmer Joghurt, *Müller*, 175 g, i. D.	107	3,5	K
Schlemmer-Pfanne Toskana, TK, *Iglo*	81	5	F
Schlosserbuben, 1 Stück	125	2	K
Schlüferli, 1 Stück	95	1	K
Schlüterbrot	286	2	B
Schlüterbrot, 1 Scheibe, 40 g	114	0,8	B
Schmalz (Schwein, Gans)	947	99	F

S

	kcal	Fett(g)	Nw
Schmalz (Schwein, Gans), 1 EL	189	20	F
Schmalzfleisch (Dose)	366	33	F
Schmalzgebäck, 1 Stück	200	15	FK
Schmand, 24%	256	24	F
Schmelzflocken, *Kölln*	356	8	BK
Schmelzflocken, *Kölln*, 1 EL	36	0,8	BK
Schmelzkäse, 20%, 1 Ecke	48	3	EF
Schmelzkäse, Toast, 45%, 1 Scheibe	70	6	F
Schmelzkäse, 40%, 1 Ecke	63	5	F
Schmelzkäse, 50%, 1 Ecke	86	8	F
Schmelzkäse, »leicht & schmeckt«, *Champignon*	106	6	EF
Schmelzkäse Salami, *Du darfst*	187	11	EF
Schmelzkäseecken, sortiert, *Du darfst*	190	11	F
Schmelzkäsescheiben, *Du darfst*	212	12	EF
Schnaps, s. einzelne Sorten			
Schnee-Rebhuhn	144	7	EF
Schnitte Art Cordon Bleu, *Höhenrainer*	199	11	F
Schnitte Lugano, *Höhenrainer*	194	10	F
Schnitte Wiener Art, *Höhenrainer*	199	11	F
Schnittlauch, gehackt, 1 EL	2	*	V
Schnittlauch, TK, *Iglo*, 1 Päckchen, 25 g	17	1	V
Schnittlauch-Leberwurst, *Du darfst*	255	21	F
Schnitzel »Cordon-Bleu-Art«, *Herta*, 150 g	450	32	F
Schoko-Chips, *Schneekoppe*	491	27	FK
Schoko-Fingers, *Sionon*, 1 Stück	93	6	FK
Schokogebäck, Diät, *Schneekoppe*, 1 Stück	21	1	FK
Schoko-Keks, Zartbitter, *Sionon*, 1 Stück	70	4	FK
Schoko-*Leibniz*, 1 Stück	70	3,4	FK
Schokolinsen	380	22	FK
Schokolinsen, 4 Stück	24	1,4	FK
Schoko-Mandel-Kuchen, BM, 1 Stück, i. D.	168	11	FK
Schoko-Nuss-Riegel, *3 Pauly*	565	37	FK
Schokonuts, Haselnüsse, *Schneekoppe*	614	50	FK
Schokolade, alle Sorten, 1 Tafel, i. D.	560	32	FK
Schokolade, 1 Stück, 6 g, i. D.	30	2	FK
Schokolade, Halbbitter, i. D.	525	33	FK
Schokolade, Marzipan, i. D.	510	30	FK
Schokolade, Nuss, i. D.	556	37	FK
Schokolade, Vollmilch, i. D.	526	30	FK
Schokolade, Alpenmilch, *Milka*	525	30	FK

Nw = *Nährwerte*, **E** = *viel Eiweiß – bevorzugt essen*, **F** = *viel Fett – vorsichtig essen*
K = *viele Kohlenhydrate – überlegt essen*, **M** = *viele Mineralstoffe – bevorzugt essen*
V = *viele Vitamine – bevorzugt essen*, **B** = *Ballaststoffe – gezielt essen*

S

	kcal	Fett(g)	Nw
Schokolade, Diät-Fruchtzucker, mit Füllung, Mokka-Sahne, *Sionon*	572	40	FK
Schokolade, Diät-, Vollmilch, *Schneekoppe*	555	36	FK
Schokolade, Haselnuss, *Milka*	535	33	FK
Schokolade mit Joghurtfüllung, *Milka*	585	40	FK
Schokolade, Sahnecreme, *Milka*	600	45	FK
Schokolade, Vollmilch-Nuss, Diabetiker, *Schneekoppe*	580	41	FK
Schokolade, Die Weisse, *Nestlé*	540	31	FK
Schokolade, Die Weisse, *Nestlé*, 1 Reihe	92	5	F
Schokolade, Weisse Crisp, *Nestlé*	527	28	FK
Schokolade, Fairena Bio Nuss	588	44,2	FK
Schokoladen, Siolait, *Sionon*, i. D.	557	38	FK
Schokoladen-Dessert Galetta, *Dr. Oetker*, 1 Portion	112	3,2	K
Schokoladenkekse und Waffeln, *Sionon*, i. D.	480	24	FK
Schokoladenpudding, *Natreen*	91	3	FK
Schokoladen-Pudding, Flana, *Dr. Oetker*, 1 Portion	106	3,3	K
Schokoladen-Sahne-Torte, *Coppenrath & Wiese*	282	18	FK
Schokoladen-Soßenpulver, zubereitet, *Dr. Oetker*	53	1,7	FK
Schokoladenstreusel, *Schwartau*	421	13	FK
Schoko-Müsli, *Kölln*, 40 g	159	4,6	K
Scholle	90	2	E
Schollen-Filets, TK, *Iglo*	86	2	E
Schorle, weiß oder rot, 0,25 l	75	0	
Schüttelbrot, *Granovita*	355	2	B
Schupfnudeln, schwäbisch, TK *Bofrost*	151	1,3	K
Schwäbische Käse-Spätzle, Wirtshaus, *Maggi*, 1 Beutel	514	14,4	FK
Schwämme (Pilze), s. a. einzelne Sorten			
Schwämme (Pilze), getrocknet, 10 g	27	0,5	MV
Schwammerl, i. D.	15	0,2	MV
Schwartenmagen, i. D.	299	27	F
Schwarzbrot, Rheinisches, 40 g	95	1	B
Schwarze-Johannisbeer-Konfitüre, *Schneekoppe*, 1 TL	17	*	K
Schwarzer Tee	0	0	M
Schwarzgeräuchertes, i. D.	396	27	F
Schwarzwälder Kirschtorte, 1 Stück	580	35	FK
Schwarzwälder Kirschtorte, *Coppenrath & Wiese*	273	13,5	FK
Schwarz-Weiß-Gebäck, FT, *Sanella*	472	25	FK
Schwarzwurzeln	16	0,4	MV

S

	kcal	Fett(g)	Nw
Schwarzwurzeln, TK, *Bofrost*	16	0,4	MV
Schwedenhappen, 1 Portion, 75 g	152	10	F
Schwedenmilch, *Heirler*, 0,25 l	153	9	EF
Schwein, süß-sauer, TK, *Bofrost*	140	4	F
Schweinebacke	319	25	F
Schweinebauch	281	23	F
Schweinebraten, *Du darfst*, 1 Portion	239	7	EK
Schweinebraten, Thüringer, TK, *Bofrost*	71	3	EF
Schweinebratensoße, *Maggi*, 1/4 l	98	5,5	F
Schweinefilet	105	2	
Schweinefleisch, Bug, Schulter	163	9	F
Schweinefleisch, Flomen (Bauchfett)	902	90	F
Schweinefleisch, Hals, Kamm	167	10	F
Schweinefleisch, Schlegel, Keule	203	13	F
Schweinegeschnetzeltes, *Du darfst*, 1 Portion	306	10	F
Schweinegeschnetzeltes »Waidmanns Art«, TK, *Bofrost*	95	3	F
Schweinehaxe, hintere	191	13	F
Schweinehaxe, vordere	171	10	F
Schweineherz	140	10	F
Schweinehirn	132	9	F
Schweinehüfte	103	1,5	
Schweinekopf	527	48	F
Schweinekotelett, fett	149	7	F
Schweinekotelett, mager	131	4,5	F
Schweineleber	123	3	
Schweinelunge	123	7	F
Schweineniere	125	4,9	F
Schweinenuss	102	1,5	
Schweineoberschale	107	1,8	
Schweinerücken	100	1	
Schweineschmalz, 1 EL	189	20	F
Schweineschnitzel	107	2	E
Schweineschnitzel, *Herta*	206	10	E
Schweinezunge	240	17	F
Schweinswürstchen, 1 Paar, 70 g	255	27	F
Schwertfisch	127	5	EF
Schweser	108	1	E
Scorpa Weizen, *Wasa*, 1 Scheibe	56	0,9	K
Scotch Whisky, 40 %, 4 cl	100	0	
Scottish Ginger Preserve, *Schwartau*	265	0	
Scottish Lemon Shred Marmelade, *Schwartau*	265	0	
Seeaal, geräuchert	167	7	EF
Seehecht	86	0,9	E
Seelachs (Köhler)	81	0,9	
Seelachs, geräuchert	98	0,8	E
Seelachs in Öl, abgetropft	150	8	F
Seelachsfilet, TK, *Bofrost*	80	0,3	EF
Seeteufel	72	0,7	E
Seeteufel, 200 g Einkauf	104	1	E

Nw = *Nährwerte*, **E** = *viel Eiweiß – bevorzugt essen*, **F** = *viel Fett – vorsichtig essen*
K = *viele Kohlenhydrate – überlegt essen*, **M** = *viele Mineralstoffe – bevorzugt essen*
V = *viele Vitamine – bevorzugt essen*, **B** = *Ballaststoffe – gezielt essen*

S

	kcal	Fett(g)	Nw
Seewolf	96	3	E
Seezunge	90	3	EF
Sekt, i. D.	80	0	
Sekt, halbtrocken, 0,1 l	80	0	
Sekt, süß, 0,1 l	85	0	
Sekt, trocken, 0,1 l	90	0	
Selchkarré	260	17	F
Selchspeck	858	65	F
Sellerie (Knolle)	38	0,3	MV
Sellerie (Staude)	21	0,2	MV
Sellerie (Dose)	31	*	
Selleriesalat, *Kühne*	38	0,3	B
Selleriesalat, *Natreen*	16	0	B
Selleriesalat, *Hengstenberg*	25	0,2	B
Sellerieschelben, *Specht*	29	0,1	B
Semmel, 1 Stück, 30 g	83	1	K
Semmelbrösel	280	3	K
Semmelbrösel, 1 EL	56	0,6	K
Semmeli, 1 Stück, 60 g	166	2	K
Semmelknödel, s. Knödel			
Semmelmehl, 20 g	56	0,6	K
Senf, Delikatess-, *Thomy*, 1 TL	10	0,3	
Senf, scharf, *Thomy*, 1 TL	11	0,8	F
Senf, süß, *Thomy*, 1 TL	9	0,3	
Senf, Weißwurst-, *Thomy*, 1 TL	10	0,3	
Senffrüchte	263	0	
Senffrüchte, 1 EL	29	0	
Senfgurken	24	0	
Serbischer Bohnensalat, *Kühne*	96	0,8	E
Sesam-Knabber-Krokant, *Flügge*, 50 g	261	15	FK
Sesam-Knäckebrot, 1 Scheibe	38	0,1	B
Sesam-Krokant-Keks, *3 Pauly*	470	22	FK
Sesam-Mix mit Honig, *Granovita*	576	25	FK
Sesamöl	819	91	F
Sesamöl, 1 EL	82	9	F
Sesamsamen, 1 EL	55	5	F
Sharonfrucht	88	1	V
Sherry cream, 5 cl	77	0	
Sherry dry, 5 cl	58	0	
Sherry medium, 5 cl	65	0	
Sherry, *Tio Pepe*, Fino, 5 cl	49	0	
Shii-Take-Pilz	40	0	MV
Shrimps, ausgelöst	96	1,5	E
Side Car, 6 cl	130	0	
Silberzwiebel, eingelegt, 1 Stück	1	0	
Simonsbrot	248	1	B
Simonsbrot, 1 Scheibe, 40 g	99	0,4	B
Sionon Siocross Zwieback, Diät, 1 Stück	37	0,6	
Sionon Siolines Knusperschokos	518	30	FK
Sionon Sioquick Diät-Cappuccino, 1 Tasse	39	1,1	K
Sionon Sioquick Trinkschokolade, 1 Tasse	106	3,6	FK
Sionon Siosnack Leichte Bisse, 1 Stück	68	4,3	FK
Sionon Siosnack Müsli-Riegel, 1 Stück	94	2,3	FK
Sirup, 1 EL	58	0	K
Slibovitz, 38%, 2 cl	60	0	
Smacks, *Kellogg's*, 30 g mit Milch	168	2,2	K

S

	kcal	Fett(g)	Nw
Smacks Choco Tresor, *Kellogg's*, 30 g mit Milch	198	19	FK
Smarties	455	15	K
Smarties, 1 Stück	5	*	
Smarties Mini, 1 Stück	2	*	
Snack, versch. Sorten, *Exquisa*, i. D.	332	15	FK
Snickers, 1 kleiner Riegel, 18 g	90	5	FK
Snickers, 1 Riegel, 60 g	301	17	FK
Snickers Miniatures, pro Stück	40	2,2	F
Sodawasser	0	0	
Sojabohnen, getrocknet	323	18	EF
Sojabohnensprossen	49	1	E
Sojabohnensprossen (Dose)	35	1	E
Sojabrot, 1 Scheibe, 40 g	98	0,4	B
Sojacrème, neutral, *Nuxo*	51	2	F
SojaCrèmig, neutral, *Vitaquell*	53	2,1	F
SojaDessert, *Vitaquell*, Karamel	87	1,8	K
SojaDessert, *Vitaquell*, Schoko	85	1,8	K
SojaDessert, *Vitaquell*, Vanille	88	1,8	K
SojaDream, *Vitaquell*	179	17,7	F
SojaDrink, *Vitaquell*, Calcium	47	2,1	F
SojaDrink, *Vitaquell*, ungesüßt	36	2,1	F
Soja fettarm, *Hensel*	327	7	E
Soja-Flakes, *Hensel*	173	8,7	EK
Soja-Fleisch, trocken, i. D.	249	2,2	E
Sojaflocken	469	20	EF
Sojaflocken, 1 EL	47	2	EF
Sojaflocken, *Hensel*	397	20	EF
Soja Frikassee, *Eden*, 300 g	303	15	F
Soja-Gulasch, *Granovita*, 1 Portion	180	10	EF
Soja-Gulasch, Vegetabiles, *Tartex*, 1 Portion, 200 g	245	14	EF
Soja-Kost, Fertig-Mix, *Hensel*, 1 Bratling	57	2	F
Soja-Kost für Gerichte nach Hackfleisch-Art, *Hensel*	285	1	EF
Sojamehl, entfettet, 1 EL	50	1	E
Sojamehl, vollfett, 1 EL	70	4	EF
Sojamilch, 0,2 l	105	4	EF
Sojaöl	899	99,9	F
Sojaöl, 1 EL	89	9,9	F
Sojapfanne, TK, *Frosta*, 200 g	180	2	
Sojapflanzenfleisch	106	6	EF
Sojasoße, salzig, 1 EL	10	0	
Sojasoße, süß, 1 EL	20	0	K
Sojasprossen	49	1,2	MV
Sojawurst, i. D.	313	27	EF
Sommergemüse, TK, *Bonduelle*	22	0,4	
Sommerquark, *Elite*, Magerstufe	116	5	EF
Sonnenblumenbrot, *Bösen*, 1 Scheibe, 40 g	103	1	B
Sonnenblumenkerne	524	66	F

Nw = *Nährwerte*, **E** = *viel Eiweiß – bevorzugt essen*, **F** = *viel Fett – vorsichtig essen*
K = *viele Kohlenhydrate – überlegt essen*, **M** = *viele Mineralstoffe – bevorzugt essen*
V = *viele Vitamine – bevorzugt essen*, **B** = *Ballaststoffe – gezielt essen*

S

	kcal	Fett(g)	Nw
Sonnenblumenkerne, 1 EL, 15 g	80	10	F
Sonnenblumenkerne, *Ritter Sport*, 40 g	112	14,8	FK
Sonnenblumen-margarine, *SB*	720	80	F
Sonnenblumenöl, 1 EL	82	9	F
Sonnenblumenöl, *Schneekoppe*, 100 ml	828	91	F
Sonne & Olive, Öl, *Thomy*	900	100	F
Soßenbinder (Pulver), *Maggi*, 1/4 l zubereitet	83	2	
Soßenpulver ohne Kochen, *Dr. Oetker*, 50 g, i. D.	51	1,6	
Soßenpulver, Vanille, *Dr. Oetker*, 1 Portion	94	3,1	FK
Soße zum Braten, Instant, *Maggi*, 1/4 l zubereitet	80	5	FK
Soße zum Schweine-braten, *Maggi*, 1/4 l zubereitet	98	5,5	F
Spätzli, *Hilcona*	174	1,8	K
Spaghetti, roh	360	2	K
Spaghetti, *Buitoni*	360	1,7	K
Spaghetti, Weizen-keim, *Halfinger*	370	2	K
Spaghettini, *Buitoni* (roh)	362	1,7	K
Spaghettini mit Tomatensauce, Minuto, *Birkel*	108	4	K
Spaghetti mit Spinat und Artischocken, *Natur Korn*	348	0,4	K
Spaghettisoße, 1 EL	23	0,6	
Spargel	18	0,1	MV
Spargel (Dose)	13	0,1	MV

	kcal	Fett(g)	Nw
Spargelcremesuppe *Maggi*, 1 Teller	70	2,3	F
Spargelcremesuppe, Feine, *Erasco*, 1 Teller	128	7	F
Spargelcremesuppe, *Unox*, konzentriert, 1 Portion, 0,2 l	62	2,8	F
Spargelcremesuppe, *Unox*, tafelfertig, 1 Portion, 0,2 l	104	7,6	F
Spargelcremesuppe, Wasserzubereitung, *Knorr*, 1 Teller	139	9	F
Spécialité Suisse Baladin, *Bahlsen*	563	34	FK
Spécialité Suisse Chocomousse, *Bahlsen*	545	30	FK
Spécialité Suisse Truffet, *Bahlsen*	550	32	FK
Special K, *Kellogg's*, 30 g mit Milch	166	2,2	K
Speck, durchwachsen	658	35	F
Speck, fett	858	40	F
Speise-Leinöl, *Schneekoppe*	828	91	F
Speisequark, mager	88	0,6	E
Speisestärke	353	0	K
Speisestärke, 1 TL	18	0	K
Spekulatius, 10 g	45	2	FK
Spekulatius mit Mandeln, *Bahlsen*	493	22	FK
Spiegelei, 1 Stück	120	9	F
Spinat	27	0,3	MV
Spinat, Junger, TK, *Iglo*	18	0,3	MV
Spinat-Nudel-Suppe, Instant Suppensnack, *Du darfst*, 1 Portion	142	1,4	K
Spinatsaft, 0,1 l	13	0	MV
Spitzen-Langkorn-Reis, *Uncle Ben's*	344	0,4	K

S

	kcal	Fett(g)	Nw
Spitzkohl	25	0	V
Spreetaler Gewürzgurken, *Bautzner*	11	0,2	
Sprite	90	0	
Spritzgebäck, 10 g	50	3	FK
Spritzgebäck, *Sionon*, 1 Stück	38	1,9	FK
Sprotten	231	17	F
Sprotten, geräuchert	260	19	F
Squash	26	0,1	MV
Stachelbeeren	17	0,2	V
Stadtwurst im Ring, *Höhenrainer*	199	15	F
Stärkemehl	360	0	K
Stärkemehl, 1 TL	18	0	K
Stangenkäse, 45% Fett i.Tr.	347	27	EF
Starkbier, 0,5 l	327	0	
Staubzucker	350	0	K
Staubzucker, 1 EL	70	0	K
Staubzucker, 1 TL	20	0	K
Staudensellerie	21	0,2	V
Steakhouse Kartoffelcreme, *Nadler*	230	22	F
Steakhouse Pfanne, TK, *Frosta*	134	6,7	FK
Steaklets, TK, *Iglo*	234	16	F
Steckrüben	40	0,2	MV
Steinbeißer	96	3	EF
Steinbeißer, geräuchert	120	4	EF
Steinbutt	82	1,7	E
Steinmetzbrot	254	1	B
Steinmetzbrot, 1 Scheibe, 40 g	102	0,4	B
Steinpilze	17	0,4	MV
Steinpilze, 500 g Einkauf	70	1,6	MV
Steinpilze, getrocknet, 10 g	12	0,3	

	kcal	Fett(g)	Nw
Steinpilz-Hefebrühe, *Vitam*, 1 Teller	35	0	
Stelzen	107	3	E
Sternchensuppe, *Knorr*, 1 Beutel	272	6	
Sticksi Sandwich-Gurken, *Hengstenberg*	44	0,2	K
Stielmus	11	*	V
Stockfisch	339	2,5	E
Streichfein, Brotaufstriche, *Heirler*, i.D.	275	27	F
Streusüße, *Canderel*, 1 TL	2	0	
Streuwürze, 1/2 TL	3	0	
Studentenfutter, *Ültje*, 25 g	130	10	
Studentenfutter Mastermix, *Lorenz*	560	37	FV
Stuttgarter Leberkäs	368	26	F
Suchard Express, Instantkakao	355	29	F
Südwein, s. a. einzelne Sorten			
Südwein, 5 cl, i.D.	70	0	
Sülzwurst, i.D.	322	25	F
Süsette (Cyclamat)	0	0	
Süßkraft fest, *Schneekoppe*, 1 Stück	0	0	
Süßkraft flüssig, *Schneekoppe*	1	0	
Süßmost, s. a. einzelne Sorten			
Süßmost, 0,2 l, i.D.	160	0	V
Sukkade	276	0,8	K
Sultaninen	276	0,5	BK
Sultaninen, 1 EL	28	*	BK
Suppen, s. a. einzelne Sorten			

Nw = Nährwerte, E = viel Eiweiß – bevorzugt essen, F = viel Fett – vorsichtig essen K = viele Kohlenhydrate – überlegt essen, M = viele Mineralstoffe – bevorzugt essen V = viele Vitamine – bevorzugt essen, B = Ballaststoffe – gezielt essen

S

	kcal	Fett(g)	Nw
Suppen, gebunden (Beutel), 1 Teller, i. D.	70	3	F
Suppen, gebunden (Dose), 1 Tasse, i. D.	70	3	F
Suppen, kalo-arm, 1 Teller, i. D.	40	0	
Suppen, klare (Dose), 1 Tasse, i. D.	50	0	
Suppengemüse, TK, *Iglo*, 450 g	108	*	
Suppengrün, 1 Bund, i. D.	50	0,4	V
Suppenhuhn	274	20	F
Suppenterrine, versch. Sorten, *Maggi*, 1 Becher, i. D.	202	4,6	K
Suppenwürze, *Cenovis*, 1 EL	9	0	
Surspeck	450	60	F

T

	kcal	Fett(g)	Nw
Tabasco, 1 TL	0	0	
Taccos, *Chio*	521	25	FK
Tacitos, Tortilla-Chips, *Lorenz*	483	25	FK
Tafeltrauben	68	0,2	M
Tafelwasser	0	0	
Tagliatelle, *Buitoni* (roh)	300	4	K
Tagliatelle con Spinaci, *Buitoni*	352	1,9	K
Tagliatelle Pesto, *Hilcona*	284	3,1	K
Talg, Hammel-	789	81	F
Talg, Rinder-	920	96	F
Tamarillo	50	0,8	V
Tamarillo, 1 Stück, 80 g	40	0,6	V
Tamarinde, 25 g	60	0	BK
Tangerinen	46	0,3	MV
Tangerine, 1 Stück, 50 g	20	0,1	MV
Tangerine, 500 g Einkauf	195	1,3	MV
Tapioka, 1 EL	54	0	K
Tartare, Käse	391	30	F
Taro, Wasserbrotwurzel	105	0,3	
Tatar	130	3	E
Taube	220	12	EF
Tee	0	0	MV
Teegrog, 0,2 l	240	0	
Teelikör, 35%, 2 cl	52	0	
Teepunsch, 0,2 l	240	0	
Teewurst, *Du darfst*	307	27	F
Teewurst, grob mit Pfeffer, *Du darfst*	334	30	F
Teewurst, Rügenwalder Art, *Herta*, 30 g	121	12	F
Teigwaren, gekocht (= 30 g roh)	117	0,9	K
Teigwaren, roh	390	3	K
Tequila, 40%, 2 cl	48	0	
Thüringer Blutwurst	425	36	F
Thüringer Rostbratwurst, *Herta*, 1 Stück	254	23	F
Thunfisch, frisch	242	16	EF
Thunfisch, naturell, *Abba*, Dose, 150 g	164	1,5	E
Thunfisch in Öl	303	22	F
Thunfischcreme, *Abba*, 10 g	48	5	F
Thunfischsalat in Tomatensauce, *Nadler*	91	3	K
Thymian, 1 EL	5	0	
Tiamo, *Sprengel*, 1 Stück	59	4	F
Tic Tac, 1 Stück	2	0	K
Tiefseehummer	81	2	E
Tiger Saucen, Erdbeer, Schoko, i. D.	250	1,5	

T

	kcal	Fett(g)	Nw
Tilsiter, 30%, 20 g	54	3	F
Tilsiter, 45%, 20 g	70	5	F
Tilsiter, *Du darfst*	273	17	F
Tintenfisch	79	0,8	E
Toastbrot, s. a. einzelne Sorten			
Toastbrot	250	3,3	K
Toastbrot, 1 Scheibe, 30 g	75	1	K
Toasties, Schmelzkäse, *Du darfst*	212	12	EF
Toast-Scheibletten, 25% Fett i.Tr., *Kraft*, 1 Scheibe, 20 g	55	4	F
Toblerone	525	30	FK
Toblerone Praline, 1 Stück	42	3	F
Toffifee, 1 Stück	44	3	FK
Tofu	106	6	EF
Tofu-Salate, versch. Sorten, *Nuxo*, i. D.	289	27,1	F
Tokaji Aszu, 3buttig, 5 cl	62	0	
Tokaji Aszu, 4buttig, 5 cl	85	0	
Tokayer, 5 cl	80	0	
Tomate	17	0,2	MV
Tomate, 1 Stück, 50 g	8	0,1	MV
Tomaten (Dose)	21	0,2	M
Tomaten, passiert	24	0,3	
Tomate-Mozzarella-Plätzli, TK, *Iglo*	208	8	FK
Tomatencremesuppe, Beutel, *Maggi*, 1 Teller	73	1	K
Tomatencreme-Suppe mit Croutons, Instant, *Du darfst*, 1 Portion	122	4,2	K
Tomatenketchup, *Develey*	122	0,1	K
Tomatenketchup, *Mc Donald's*	116	0,2	K
Tomatenketchup, 1 EL, i. D.	30	*	K
Tomatenmark, 1 EL	27	1,6	
Tomatenmark, *Thomy*, 1 EL	18	*	
Tomatenmark, *Oro di Parma*, versch. Sorten, i. D.	71	1,6	K
Tomaten-Nudel-Suppe, Instant, *Du darfst*, 1 Portion	134	1,4	K
Tomatenpaprika	20	0,3	
Tomatenpaprika (Glas)	27	0,2	
Tomatensaft, 0,1 l, i. D.	17	*	V
Tomatensauce Napoli, *Knorr*, 1/4 l	129	2	F
Tomatensoße, gebunden, 1/4 l	154	6	F
Tomaten-Spread, *Vitam*, 1 EL	25	1	F
Tomatensuppe (Beutel), *Knorr*, 1 Teller	68	1	K
Tomatensuppe (Beutel), mit Ravioli, *Maggi*, 1 Teller	211	6	K
Tomatensuppe, Rustikale, *Erasco*	46	1,5	
Tomatensuppe, Toscana, *Knorr*, 1 Teller	94	3	K
Tomato al Gusto, versch. Sorten, *Knorr*, 1 Packung, i. D.	135	2	

Nw = *Nährwerte*, **E** = *viel Eiweiß – bevorzugt essen*, **F** = *viel Fett – vorsichtig essen*
K = *viele Kohlenhydrate – überlegt essen*, **M** = *viele Mineralstoffe – bevorzugt essen*
V = *viele Vitamine – bevorzugt essen*, **B** = *Ballaststoffe – gezielt essen*

T

	kcal	Fett(g)	Nw
Tom Collins (5 cl Gin), 0,25 l	195	0	
Tonic Water, *Schweppes*, 0,2 l	143	0	
Tonic Water, *Schweppes* light, 0,2 l	4	0	
Top Energie, Dextrosegetränk, 0,2 l	115	0	K
Topfen, mager	78	0,2	E
Topfen, mager, 1 EL	23	*	E
Topfen, 20%	116	5	EF
Topfen, 20%, 1 EL	35	1,6	EF
Topfen, 40%	167	11	F
Topfen, 40%, 1 EL	50	3,6	F
Topinambur	30	0,4	MV
Top Lemon, *Aproz*, 0,2 l	90	0	
Toppas, *Kellogg's*, 30 g mit Milch, versch. Sorten, i. D.	190	2,5	K
Torfbeeren	35	0,7	V
Torfbeeren, 500 g Einkauf	165	3,3	V
Tortelett, 25 g	130	7	FK
Torteletts, *3 Pauly*	494	22	FK
Tortelli Pomodore e Mozzarella, *Hilcona*	198	5	K
Tortelli verdura, *Hilcona*	196	4,3	K
Tortellini in Sahnesauce, TK, *Bofrost*	244	15	F
Tortellini, *Buitoni* (roh)	320	10	K
Tortelloni al pomodoro, *Hilcona*	120	2,8	K
Tortelloni Carne, *Hilcona*	200	4,3	K
Tortelloni Formaggio, *Hilcona*	203	3,9	K
Tortencreme, Vanille, zubereitet, *Dr. Oetker*	545	30	FK
Tortenguss mit Zucker und Wasser, für 1 Torte	200	0	K
Tortiglioncini, *Buitoni* (roh)	362	1,7	K
Tourist, Schokolade	531	32	FK
Tragant, 10 g	3	0	
Trappistenkäse, 50% Fett i.Tr.	366	30	F
Traubenkernöl, *Vitaquell*	819	91	F
Trauben-Nuss, *Ritter Sport*, Mini, 40 g	252	11,6	FK
Traubensaft, frisch gepresst, 0,2 l	138	0	MV
Traubensaft, rot und weiß, 0,2 l	142	0	MV
Traubenzucker, 1 EL	40	0	K
Traubenzucker, 1 Täfelchen, 5 g	20	0	K
Trinkbranntwein, 39%, 2 cl, i. D.	40	0	
Trinkmilch, 3,5%, 0,25 l	165	10	EF
Trink 10-Multivitaminsaft, *Dr. Koch's*, 0,1 l	54	0	V
Trockenbeerenauslese, 0,1 l, i. D.	126	0	
Trockeneiweiß, 10 g	35	0,1	E
Trockeneigelb, 10 g	68	6	F
Trockenhefe, 7 g	25	0	V
Trockenkartoffeln	360	0,5	B
Trockenobst, s. einzelne Sorten			
Trockenobst, i. D.	280	0,8	BK
Trockenpflaumen, entkernt, 1 Stück	29	*	BK

T

	kcal	Fett(g)	Nw
Trockenpflaumen, kalifornische, entkernt	292	0,9	BK
Trockenvollei, 10 g	57	4	F
Tropische Früchte-Konfitüre Extra, *Du darfst*	130	0	K
Trüffel	27	0,5	MV
Trüffel Cointreau, *Ritter Sport*	529	32	FK
Trüffel Marc de Champagne, *Ritter Sport*	526	31	FK
Trüffelkonfekt, 1 Stück	70	4	FK
Trüffelleberwurst	326	25	F
Truthahn, s. a. Pute			
Truthahn	163	8	EF
Truthahn-Bierschinken, *Wiesenhof*	158	10	F
Truthahn-Bratwurst, *Wiesenhof*	199	15	F
Truthahnbrust, geräuchert	123	3	E
Truthahnbrust Virginia, *Herta*	100	1	K
Truthahnfleisch in Aspik, *Gutfried*, i.D.	102	3	E
Truthahn-Fleischwurst, *Wiesenhof*	236	20	EF
Truthahn-Grillbrust, *Herta*	108	2	K
Truthahn-Knacker, *Höhenrainer*	199	15	F
Truthahn-Krakauer, i.D.	166	10	F
Truthahn-Land-Leberwurst, *Höhenrainer*	203	15	F
Truthahn-Leber	147	5	EF
Truthahn-Leberkäse, *Höhenrainer*	154	10	F
Truthahnmortadella, *Wiesenhof*	236	20	EF
Truthahn-Pastete, Apfel Calvados, *Höhenrainer*	199	15	F
Truthahn-Pastete, Leber, *Höhenrainer*	240	20	EF
Truthahn-Pfeffer-Salami, *Wiesenhof*	276	20	EF
Truthahn-Schinken-Pastete, *Höhenrainer*	240	20	F
Truthahn-Wacholderschinken in Aspik, *Höhenrainer*	78	2	E
Truthahn-Wiener, *Wiesenhof*	236	20	EF
Tuc, *DeBeukelaer*	505	25	FK
Tuc, *DeBeukelaer*, 1 Stück	20	1	FK
Tuc Party Snacks, Kräutercreme Cracker	563	37	FK
Tuc Party Snacks, Pizza	519	30	FK
Türkischer Honig	385	17	FK
Türkischer Honig mit Nuss	445	20	FK
Twix	288	14	FK
Tzatziki-Sauce, *Kühne*, 1 EL	46	4	F
Tzatziki, *Dr. Oetker*	135	9,9	F

Nw = *Nährwerte,* **E** = *viel Eiweiß – bevorzugt essen,* **F** = *viel Fett – vorsichtig essen*
K = *viele Kohlenhydrate – überlegt essen,* **M** = *viele Mineralstoffe – bevorzugt essen*
V = *viele Vitamine – bevorzugt essen,* **B** = *Ballaststoffe – gezielt essen*

U

	kcal	Fett(g)	Nw
Überguss, Schokolade	560	55	FK
Underberg, 44%, 2 cl	49	0	
Ungarische Gulaschsuppe	49	2,1	F
Universal, Würzmittel, *Knorr*	133	5	F

V

	kcal	Fett(g)	Nw
Vademecum Gum, 1 Stück	3	0	
Valpolicella, 0,25 l, i. D.	175	0	
Vanilleflammeri, 1 Portion	212	15	FK
Vanillekipferl-Teig, 1 Portion, *Nestlé*	1824	98	FK
Vanillepudding, mit Schoko-Sauce, *Nestlé*, 1/4 Becher	118	3	K
Vanille-Traum, *Ehrmann*	143	6,5	F
Vanillinzucker, *Dr. Oetker*, 1 Päckchen	32	0	K
Vegetabile Brotaufstriche, 25 g, i. D.	60	5	F
Vegetarische Aufstrich-Pastete, *Tartex*, 25 g, i. D.	60	5	F
Vegetarische Leberwurst, *Granovita*, 1 Portion	21	2	F
Vegetarische Streichwurst, *Granovita*, 1 Portion	43	4	F
Vegetarisches Schmalztöpfchen, *Tartex*, 10 g	83	8	F
Veilchen-Pastillen, 5 Stück	13	0	K
Velamint ohne Zucker, 1 Stück	9	0	
Veltliner, Grüner, 0,25 l	154	0	
Verlorene Eier, 1 Portion (zwei)	168	12	F
Vesper-Happen, i. D.	296	26,4	F
4-Korn-Fertigmehl, *Steinmetz*	340	2	BK
Vinaigrette, Salatsauce, *Develey*	247	24,9	F
Vin de Pays, rot, 0,25 l, i. D.	190	0	
Vin de Pays, weiß, 0,25 l, i. D.	160	0	
Vitaborn C, 0,1 l	54	0	V
Vitacult	540	60	F
Vita-Flakes, *Schneekoppe*	360	1	K
Vitagen, Pflanzenfett, *Vitaquell*	900	100	F
Vitagen, Pflanzenfett, *Vitaquell*, 1 EL	135	15	F
Vitalis Früchte-Müsli, *Dr. Oetker*	318	7,6	K
Vitalis Schoko-Müsli, *Dr. Oetker*	409	12,7	K
Vitaquell Extra Margarine	720	80	F
Vitaquell Pflanzenfett Pikanto, mit Röstzwiebeln und Meersalz, 1 EL	122	12	F
Vitaquell Vollreform Sonnenblumenöl	819	91	F
Vitazell, *Vitaquell*	720	80	F
Vitazell leicht, *Vitaquell*	360	40	F
Vitazell Diät-Margarine	720	80	F
Vitazell Diät-Margarine, 1 EL	108	11	F

V

	kcal	Fett(g)	Nw
Vivil ohne Zucker, 1 Stück	6	0	
Vogelbeere	87	0	MV
Vollkornbrötchen, 1 Stück, i. D.	64	1	B
Vollkornbrot	241	1	B
Vollkornbrot, 1 Scheibe, 40 g	96	0,4	B
Vollkorn-Dinkel-Brödli, *Natur Korn*	363	7	K
Vollkorn-Dinkel-Keks, *3 Pauly*	492	28	FK
Vollkornkeks ohne Zucker	25	1	F
Vollkorn-Knäckebrot, 1 Scheibe	38	0,1	B
Vollkornmürbekeks	20	1	F
Vollkorn-Müslikeks, *Bahlsen*	461	23	FK
Vollkornnudeln, ohne Ei, *3 Glocken*	333	2,5	K
Vollkornreis	350	2	EV
Vollkorn-Schokokeks, *Bahlsen*	461	21	FK
Vollkornschrotbrot, Roggen-	193	1,2	B
Vollkorntoast, *Bösen*, 1 Scheibe, 30 g	89	1	K
Vollkorn-Waffeln, 1 Stück	33	2	FK
Vollkorn-Zwieback, 1 Stück	35	1	K
Vollmilch, 3,5 %, 0,25 l	160	9	F
Vollmilch Joghurt, 3,5%	61	3,5	EF
Vollmilchpulver, 12 g	60	3	F
Vollmilch-Schokolade Eier/Kugeln, *Zentis*	520	31	FK
Vollmilch-Smarties, *Ritter Sport*	527	27	FK
Voll-Nuss, *Ritter Sport*	552	37	FK
Vollrahm, 35%, 0,1 l	330	35	F
Vollrahm, 35%, 1 EL	33	4	F
Voll-Soja, *Hensel*	397	21	EF
Vorzugsmilch, 4%, 0,25 l	170	10	F

W

	kcal	Fett(g)	Nw
Wacholderschinken, heiß, geräuchert, *Höhenrainer*	174	10	F
Wacholderschnaps, 32%, 2 cl	42	0	
Wachsbohnen	33	0,3	BV
Wachsbrechbohnen, *Bonduelle*	108	0,4	B
Wachtel	103	2	E
Wachtelbohnen, 60 g	200	1	E
Wackelpeter, 1 Portion, 125 g	80	0	K
Waffeletten, Vollmilch, *Bahlsen*, 1 Packung, 75 g	399	21	FK
Waitzinger, 0,5 l	110	0	
Waldbeerkeks, *3 Pauly*	445	17	FK
Waldfrüchte, Fruchtaufstrich, *Du darfst*	132	0	K
Waldfrüchtekonfitüre extra, Premium Qualität, *Schneekoppe*, 1 TL	18	*	K
Waldhonig	325	0	K
Waldhonig, 1 TL	33	0	K
Waldorf-Salat, Feines Buffet, *Homann*	224	21	F

Nw = *Nährwerte,* **E** = *viel Eiweiß – bevorzugt essen,* **F** = *viel Fett – vorsichtig essen*
K = *viele Kohlenhydrate – überlegt essen,* **M** = *viele Mineralstoffe – bevorzugt essen*
V = *viele Vitamine – bevorzugt essen,* **B** = *Ballaststoffe – gezielt essen*

W

	kcal	Fett(g)	Nw
Walfleisch	134	3,4	E
Waller	175	12	EF
Waller, 200 g Einkauf	209	14	EF
Walliser Raclettekäse, 52% Fett i.Tr.	401	27	F
Walliser Roggenbrot, 1 Scheibe, 40 g	100	0,4	B
Walnüsse	650	60	FV
Walnüsse, 5 Kerne	130	12	FV
Walnüsse, karamelisiert	456	45	FK
Walnussöl, 1 EL	82	9	F
Walnussöl, *Vitaquell*	819	91	F
Wammenfett, 1 EL	189	20	F
Wasa Crisp, *Wasa*	31	0,1	K
Wasser	0	0	
Wasserkastanien	75	0,3	
Wassermelone	37	0,2	
Wassermelonenkerne, 10 g	60	5	F
Wegerich, roh	120	0,2	
Weggli, 1 Stück, 30 g	83	1	K
Weichselkonfitüre, 1 TL	27	0	K
Weichselkonfitüre, kalo-arm, 1 TL	14	0	K
Weichseln	60	0	MV
Weichseln (Dose)	70	0	
Wein, s. einzelne Sorten: Dessertwein, Diabetikerwein, Roséwein, Rotwein, Weißwein			
Weinbeeren, getrocknet	296	0	BK
Weinbergschnecken mit Kräuterbutter, 1 Portion	245	22	F
Weinbrand, 38%, 2 cl	49	0	
Weinbrandbohnen, 1 Stück	47	3	FK
Weinbrandkirschen, 1 Stück	60	4	FK
Weinbrand-Trüffel-Schokolade, *Schneekoppe*	510	30	FK
Weincreme, *Dr. Oetker*, 1 Portion, i. D.	202	9,4	K
Weinessig, 1 EL	4	0	
Weingummi, 5 Stück	70	0	K
Weinkraut, *Mildessa*	17	0,1	BV
Weinkraut fixfertig, *Specht*	40	2,5	V
Weinmousse, *Dr. Oetker*	182	7,1	FK
Weinschorle, rot oder weiß, 0,25 l	75	0	
Weintrauben	68	0,2	V
Weißbier, 0,5 l	200	0	
Weißbrötchen, 1 Stück, 30 g	83	1	K
Weißbrot	250	3,3	K
Weißbrot, *3 Pauly*	234	6	K
Weißbrot, 1 Scheibe, 30 g	75	1	K
Weiße Rüben	25	0,2	V
Weisse Voll-Nuss, *Ritter Sport*	564	38	FK
Weißkohl, s. Weißkraut			
Weißkraut	24	0,2	MV
Weißkrautsalat	60	5	B
Weißlacker, 45% Fett i.Tr.	362	26	F
Weißschimmelkäse, *Castello bianco*	416	30	F
Weißwein, deutsch, Beerenauslese, 0,25 l, i. D.	233	0	
Weißwein, deutsch, Eiswein, 0,25 l, i. D.	320	0	

W

	kcal	Fett(g)	Nw
Weißwein, deutsch, halbtrocken, 0,25 l, i. D.	183	0	
Weißwein, deutsch, Mittelrhein, Riesling, trocken, 0,25 l	142	0	
Weißwein, deutsch, Mosel/Saar, Riesling, trocken, 0,25 l	125	0	
Weißwein, deutsch, Rheinpfalz, Riesling, 0,25 l	189	0	
Weißwein, deutsch, Spätlese, 0,25 l	188	0	
Weißwein, deutsch, trocken, 0,25 l, i. D.	150	0	
Weißwein, franz., Burgund, 0,25 l, i. D.	164	0	
Weißwein, franz., Elsass, 0,25 l, i. D.	170	0	
Weißwein, franz., Sauternes, 0,25 l	200	0	
Weißwein, ital., Chardonnay, 0,25 l	175	0	
Weißwein, ital., Frascati, 0,25 l	165	0	
Weißwein, ital., Pinot grigio, 0,25 l	153	0	
Weißwein, ital., Soave, 0,25 l	160	0	
Weißwein, österr., Gewürztraminer, Steiermark, 0,25 l	140	0	
Weißwein, österreich., Gumpoldskirchner, 0,25 l	220	0	
Weißwein, schweiz., Aigle, 0,25 l, i. D.	160	0	
Weißwein, schweiz., Fendant, 0,25 l	167	0	

	kcal	Fett(g)	Nw
Weißwein, schweiz., Johannisberg, 0,25 l	174	0	
Weißweinessig, *Hengstenberg*	20	*	
Weißwurst, 1 Stück, 60 g	183	7	F
Weißwurst, nach Münchner Art, TK, *Bofrost*	273	25	F
Weizen, ganzes Korn	308	2	E
Weizenbier, 0,5 l	200	0	
Weizenbier, alkoholfrei, 0,5 l	110	0	
Weizenbrötchen, gebacken, *Coppenrath & Wiese*, 1 Stück	150	1,2	K
Weizendiät, *Dr. Ritters*, 1 Portion, 40 g	156	3	B
Weizenflocken	308	2	BK
Weizenflocken, 1 EL	31	0,2	BK
Weizengrieß	328	1	BK
Weizenin, Weizenpuder	350	0	K
Weizenin, Weizenpuder, 1 EL	53	0	K
Weizenkeimbrot, *Lieken*	213	1	B
Weizenkeimbrot, *Lieken*, 1 Scheibe, 40 g	85	0,4	B
Weizenkeime	350	10	V
Weizenkeime, 1 EL	35	1	V
Weizenkeime Plus, *Schnookoppo*	351	7	BK
Weizenkeimöl	819	91	F
Weizenkeimöl, 1 EL	82	9	F
Weizenkleie, *Huxol*	180	5	B

Nw = *Nährwerte*, **E** = *viel Eiweiß – bevorzugt essen*, **F** = *viel Fett – vorsichtig essen*
K = *viele Kohlenhydrate – überlegt essen*, **M** = *viele Mineralstoffe – bevorzugt essen*
V = *viele Vitamine – bevorzugt essen*, **B** = *Ballaststoffe – gezielt essen*

W

	kcal	Fett(g)	Nw
Weizenkleie, *Schneekoppe*	185	5	B
Weizenkleie-Tabletten, *Dr. Kousa*, 1 Stück	9	0,3	B
Weizenmehl, *Schnitzer*	363	1	K
Weizenmehl, Type 405	335	1	K
Weizenmehl, Type 1050, *Steinmetz*	340	2	K
Weizenmischbrot, 1 Scheibe, 40 g	104	0,4	B
Weizenschrot	302	2	B
Weizenschrotbrot	204	1	B
Weizenschrotbrot, 1 Scheibe, 40 g	82	0,4	B
Weizenspeisekleie	174	5	B
Weizenspeisekleie, 1 EL	9	0,3	B
Weizenstärke	350	0	K
Weizenstärke, 1 EL	70	0	K
Weizenvollkornbrot	204	1	B
Weizenvollkornbrot, 1 Scheibe, 40 g	82	0,4	B
Weizen-Vollkorn-Snoccers, *Natur Korn*	488	24	FK
Wels	175	12	F
Wels, 200 g Einkauf	209	14	F
Wermut, süß, 5 cl	85	0	
Wermut, trocken, 5 cl	57	0	
Werther's Echte, 1 Bonbon	23	0	K
Westfälischer Saftschinken, *Herta*, 30 g	33	3	F
Whiskey, Bourbon, 40%, 4 cl	115	0	
Whiskey, Irish, 40%, 4 cl	115	0	
Whiskey, Malt, 43%, 4 cl	120	0	
Whiskey, Scotch, 40%, 4 cl	100	0	
Whisky Sour, 5 cl	160	0	
White Lady, 6 cl	190	0	
Wiener Hörnchen (Hefeteig), 1 Stück	140	10	FK
Wiener Melange, *Nestlé*, 130 ml	72	2	K
Wiener Würstchen, 1 Paar, 70 g	208	20	F
Wild, s. einzelne Arten			
Wildente	135	4	EF
Wildfond	11	1	F
Wildgans	124	4	EF
Wildgeflügel, i. D.	130	4	EF
Wild-Pâté	301	20	F
Wildreis, Reis-fit, *Kraft*	345	0,5	E
Wildschwein	113	2	E
Wirsing (Wirz)	25	0,4	MV
Wirsingroulade, *Du darfst*, 1 Portion	257	13,7	FK
Wodka, 40%, 2 cl	45	0	
Wok-Gemüse, TK, *Bofrost*	51	2	K
Wok-Mix, TK, *Frosta*	39	0,6	K
Wolfsbarsch	89	1	E
Wollmispel	48	0,1	V
Wollwurst	290	25	F
Worcestershiresauce	92	0	
Worcestershiresauce, 1 Würzdosis	2	0	
Wraps »Buffalo«, *Maggi*, 1 Beutel	506	4,6	K
Würfelzucker	394	0	K
Würfelzucker, 1 Stück	12	0	K
Wurst, Würstchen, s. a. einzelne Sorten			
Wurstbrät, Kalb	287	15	F
Wurstbrät, Schwein	364	30	F
Würstchen (Dose), i. D.	243	28	F

W

	kcal	Fett(g)	Nw
Würstchen, *Du darfst*	191	15	F
Würstchen, 3 kleine Dörffler, 1 Stück, *Herta*	122	24,2	F
Würstchen, 5 große Dörffler, 1 Stück, *Herta*	206	19	F
Würstchen, Stramme Jungs, 1 Stück, *Herta*	172	15,8	F
Würst'l-Snack, TK, *Bofrost*	305	20,3	FK
Wurzeln	63	0,3	MV
Wurzelwerk, 1 Bund, i.D.	50	0,4	MV
Würzhefe, 1 EL	35	0	MV
Würz-Ketchup, *Kraft*, 1 EL	15	0,1	K
Würzquark, 20%, *Elite*, 1 EL	28	*	EF

X

	kcal	Fett(g)	Nw
XXL Fruit & Nuts, *Ritter Sport*	516	31	FK
XXL Golden Peanuts, *Ritter Sport*	524	31	FK
XXL Sunny Crisp, *Ritter Sport*	563	37	FK
Xylit, 10 g	40	0	

Y

	kcal	Fett(g)	Nw
Yakult, 1 Portion	51	*	K
Yakult light, 1 Portion	31	*	K
Yamsknolle	98	0,1	
Yamsmehl	317	0,3	K
Yamswurzel (Dose)	140	0,2	
Yes petits four, *Nestlé*, 1 Stück, i.D.	90	5	F
Yes, *Nestlé*, 1 Stück, i.D.	175	10	FK
Yessini, *Nestlé*, 1 Stück, i. D.	78	4	F
Yoco Snack, 1 Stück	106	5	F
Yo-fruit, Sahne	147	10	F
Yogurette, *Ferrero*	553	35	FK
Yogurette, *Ferrero*, 1 Riegel	69	4,4	FK
Yogurt alla Frutta, *Ehrmann*	110	2,8	F
Yogurt alla Frutta, Stracciatella, *Ehrmann*	124	4,8	F

Z

	kcal	Fett(g)	Nw
Zander	83	0,7	E
Zander, 200 g Einkauf	92	0,8	E
Zartbitter Diät-Schokolade, *Schneekoppe*	521	33	FK
Zartes Garten-gemüse, i.D.	33	0,4	MV
10 Früchte-10 Vitamine-Müsli, *Schneekoppe*	330	4	BK
Zellernüsse	647	61	FV
Zentino's Frühstücks-Creme	577	38	FK
Zibärtli, 42%, 2 cl	42	0	
Ziegenfleisch, i.D.	185	10	F
Ziegenkäse, Schnittkäse	390	27	F
Ziegenlammfleisch	149	8	EF
Ziegenmilch, 1/8 l	85	5	F
Ziegenweichkäse, 45% Fett i.Tr., i.D.	280	22	F

Nw = *Nährwerte*, **E** = *viel Eiweiß – bevorzugt essen*, **F** = *viel Fett – vorsichtig essen*
K = *viele Kohlenhydrate – überlegt essen*, **M** = *viele Mineralstoffe – bevorzugt essen*
V = *viele Vitamine – bevorzugt essen*, **B** = *Ballaststoffe – gezielt essen*

Z

	kcal	Fett(g)	Nw
Zigeuner-Salat	50	0	K
Zigeuner-Sauce, *Thomy*, 1 EL	25	0	K
Zimtplätzchenteig, 1 Portion, *Nestlé*	1600	44	FK
Zimtsterne	500	27	FK
Zitronat	292	0,8	K
Zitrone, 1 Stück, 80 g	19	0,3	V
Zitronencreme, delikat, *Frischli*	173	10	F
Zitronenessig, 1 EL	4	0	
Zitronengelee, 1 TL	31	*	K
Zitronenkuchen, BM, zubereitet, *Dr. Oetker*, 1 Stück	234	9	FK
Zitronenkuchen, Sioback, *Sionon*, verzehrfertig	331	19	FK
Zitronensaft, 1 EL	3	*	V
Zitronensaft, 1 TL	1	*	V
Zitronenwasser, 0,2 l	95	0	
Zottarella, *Zott*	265	10,5	F
Zott Sahne-Joghurt	146	8,2	F
Zott Starfrucht light	54	1,2	E
Zucchini	19	0,4	MV
Zucchini Scheiben, *Specht*	32	0,2	
Zucker, s. a. einzelne Sorten			
Zucker	394	0	K
Zucker, 1 EL	79	0	K
Zucker, 1 TL	26	0	K
Zuckeraustauschstoff	400	0	
Zuckergurken	112	0.6	
Zuckerl, 1 Stück	12	0	K
Zuckermais	86	1,2	
Zuckermelone	54	0,1	V
Zuckerrübensirup, *Heirler*, 1 EL	55	*	K
Zuckerschoten Mix, TK, *Frosta*	33	0,3	B
Zuckerstreusel, bunt	437	7,8	K
Zuckerwatte, 10 g	26	0	K
Zukrinet	0	0	
Zunge, geräuchert, Aufschnitt	385	28	F
Zungenwurst, i. D.	290	9	F
Zupfkuchen, Sioback, *Sionon*, verzehrfertig	295	18	FK
Zwetschgen	49	0,2	V
Zwetschgen, 500 g Einkauf	231	0,9	V
Zwetschgen Diät, TK, *Bofrost*	207	10,5	FK
Zwetschgenmus, 1 TL	23	*	K
Zwetschgenwasser, 40 %, 2 cl	60	0	
Zwieback	407	7	K
Zwieback, 1 Stück	41	0,7	K
Zwieback, Weizenschrot-, 1 Stück	42	1	BK
Zwiebelfleisch, TK, *Frosta*	130	6,7	K
Zwiebelhackbraten, *Du darfst*, 1 Portion	329	13	FK
Zwiebeln, getrocknet, 1 EL	10	*	
Zwiebelkuchen (Hefeteig vom Blech), 1 Stück	210	10	FK
Zwiebelrohr, grünes	27	0,3	
Zwiebelsauce, französische, *Maggi*, 1/4 l	105	48	F
Zwiebelsuppe, Feinschmecker Art, *Maggi*, 1 Teller	74	2,5	FK
Zwiebelsuppe, *Knorr*, 1 Teller	43	1,7	F
Zwiebelwurst, gekochte	370	35	F

Essen ausser Haus

Diese Tabelle hilft Ihnen weiter, wenn Sie nicht selbst einkaufen oder kochen.

Hier finden Sie die Kalorien- und Fettwerte für:

- Gaststättengerichte,
- Gerichte von Fast-Food-Ketten,
- Kuchen aus Bäckereien und
- hausgemachte Nachtische, die man bei Freunden isst.

Hinweis:

Wenn nicht anders angegeben, beziehen sich die Werte jeweils auf eine Portion, wie sie in den üblichen Kochbüchern berechnet sind.

So können Sie in etwa auch kalkulieren, was Sie essen, wenn Sie nicht die Kalorienzahl eines Gerichts über die Zutaten präzise ausrechnen können. Zum Teil erfolgte die Berechnung auch in Anlehnung an die Rezepte großer Kantinen. Zwar kann man mit diesen Werten keine exakte Abnehmdiät einhalten; sie sind aber sehr nützlich für jeden, der nicht die Kontrolle über das, was er isst, verlieren möchte.

Bitte beachten Sie:

Auf den folgenden Seiten stehen nur In-etwa-Angaben der Kalorien-Fett-Werte.

In der Kantine, im Restaurant oder bei Freunden lieber weniger essen, wenn man abnehmen möchte!

Essen ausser Haus

Werte ohne zusätzlichen Hinweis beziehen sich auf 100 Gramm verzehrbaren Anteil

A

	kcal	Fett(g)	Nw
Amaretti-Quark-Creme, 1 Portion	480	30	FK
Amerikaner, 1 Stück	400	24	FK
Amerikanischer Salat	372	36	
Antipasti, 1 Portion	650	48	
Apfel-Birnen-Tarte, 1 Stück	180	9	FK
Apfelkuchen, gedeckt, 1 Stück	630	32	FK
Apfelstrudel, Blätterteig, 1 Stück	600	41	FK
Apfelstrudel, Strudelteig, 1 Stück	565	32	FK
Apfeltasche, *McDonald's*, 1 Stück	220	12	FK
Apple Pie, *Burger King*, 1 Portion	320	14	FK
Aprikosencreme, 1 Portion	570	20	FK
Arme Ritter, 1 Portion	1030	65	K
Artischockensalat, 1 Portion	220	13	F
Auberginen, mariniert, 1 Portion	380	35	F
Auberginenpaste mit Tomaten, 1 Portion	130	10	F
Austernpilzcremesuppe, 1 Portion	120	9	F
Austernpilze, gebraten, 1 Portion	170	14	F
Avocadohälfte, mit Krabben gefüllt, 1 Portion	190	14	F

B

	kcal	Fett(g)	Nw
Bagel, 1 Stück, i. D.	140	10	FK
Baguette, mit Käse	381	15	FK
Baguette, mit Salami, 1 Stück, 150 g	390	18	FK
Baisertörtchen mit Erdbeeren, 1 Portion	290	12	FK
Baked Potato mit 2 EL saurer Sahne, 1 Stück, 200 g	200	7	F
Bami Goreng, 1 Portion	620	18	F
Bandnudeln mit Gorgonzolasauce, 1 Portion	860	52	F
Barsch auf Spinat, 1 Portion	400	16	EF
Bauernfrühstück, 1 Portion	792	58	K
Bauernomelette, 1 Portion	450	23	EF
Bauernsalat, griechischer, 1 Portion	330	30	F
Baumkuchen, 1 Stück	360	15	FK
Beefsteaks mit Schafskäse, 1 Portion	690	54	EF
Berliner Pfannkuchen, 1 Stück	210	8	FK
Bienenstich, 1 Stück	390	24	FK
Bifteki mit Schafskäse, 1 Portion	421	25	FK
Big Mäc, *McDonald's*, 1 Stück	505	25,7	FK
Bihun-Suppe, 1 Portion	172	10	F
Bircher-Benner-Müsli, 1 Portion	260	7	BV
Biskuitrolle mit Creme, 1 Stück	350	19	FK
Blätterteig-Käse-Wähe, 1 Portion	895	67	FK
Blätterteigpastete mit Garnelen, 1 Stück	450	28	FK
Blattspinat, gedünstet, 1 Portion	120	2	MV
Blumenkohl-Broccoli-Salat, 1 Portion	260	13	BF

B

	kcal	Fett(g)	Nw
Blumenkohlsalat mit Käse, 1 Portion	310	13	F
Bockwurst, 1 Stück, 120 g	332	30	F
Bœuf Stroganoff, 1 Portion	556	42	FK
Bohnen-Mais-Gemüse, 1 Portion	170	3	B
Bohnenpüree, 1 Portion	335	11	F
Bohnen-Rindfleisch-Salat, 1 Portion	450	27	EF
Bohnensuppe, serbisch, 1 Teller	425	12	B
Bollito misto, 1 Portion	1100	68	EF
Bouillonkartoffeln, 1 Portion	260	5	BK
Brasse in Salzkruste, 1 Portion	290	11	EF
Brathähnchen, 1/2	406	25	EF
Brathähnchen, 1/2, mit Pommes frites	841	47	EF
Brathering mit Bratkartoffeln, 1 Portion	637	40	F
Bratkartoffeln mit Öl, 1 Portion	330	18	F
Bratkartoffeln mit Speck, 1 Portion	475	32	F
Bratwurst (Kalb), 1 Stück, 150 g	430	39	F
Bratwurst (Schwein), Stück, 150 g	545	52	F
Broccoli, gedünstet, mit Öl und Zitrone	190	17	F
Broccoli-Spargel-Salat, mit Lachs, 1 Portion	550	30	EF
Brötchen mit Butter, 1/2 Stück	110	6	FK
Brötchen mit Butter und Honig, 1/2 Stück	140	6	K
Brötchen mit Butter und Käse, 30% Fett i. Tr., 1/2 Stück	170	10	FK
Brötchen mit Lachsschinken	300	16	FK
Brötchen mit Leberwurst	300	16	FK
Brötchen mit Schinken	271	11	FK
Brotsuppe, 1 Portion	290	10	F
Brunnenkressesalat, mit Haselnusskernen, 1 Portion	150	14	F
Bruschetta, 1 Portion	230	19	F
Buchteln, 1 Stück	235	12	FK
Bündner Fleisch, 1 Portion, 75 g	198	8	EF
Bulette, gebraten, 1 Stück	400	29	EF
Butter, Hotelpackung, 20 g	150	17	F
Butterbrot, 1 Scheibe	180	6	FK
Buttercremetorte, 1 Stück	570	33	FK
Butterkuchen, 1 Stück	310	14	FK
Butterzopf, 1 Scheibe	215	6	FK

C

	kcal	Fett(g)	Nw
Café au lait, mit 2 Stück Zucker, 1 Tasse	79	3	K
Café au lait, ohne Zucker, 1 Tasse	55	3	
Calzone mit Broccoli, 1 Portion	950	50	F
Camembert, gebacken, 1 Stück	201	14	F

Nw = *Nährwerte,* **E** = *viel Eiweiß – bevorzugt essen,* **F** = *viel Fett – vorsichtig essen*
K = *viele Kohlenhydrate – überlegt essen,* **M** = *viele Mineralstoffe – bevorzugt essen*
V = *viele Vitamine – bevorzugt essen,* **B** = *Ballaststoffe – gezielt essen*

C

	kcal	Fett(g)	Nw
Cannelloni, mit Spinat, 1 Portion	536	23	FK
Cappuccino, mit 2 Stück Zucker, 1 Tasse	70	3	K
Carpaccio, 1 Portion	210	15	EF
Carpaccio mit Parmesan und Baguette	329	18	EF
Cevapcici, 1 Portion	300	24	F
Champignonsalat, 1 Portion	81	5	EF
Champignon-Schnitzel, 1 Portion	338	17	
Champignon-Speck-Quiche, 1 Stück	360	28	F
Cheeseburger, *Burger King*, 1 Stück	355	18	FK
Cheeseburger, *McDonald's*, 1 Stück	303	12,6	FK
Chef-Salat, *McDonald's*	93	5,4	
Chef-Salat mit Dressing, *Mc Donald's*	400	34	F
Chicken McNuggets, *McDonald's*, 6 Stück	205	12,2	F
Chicoréesalat mit Essig und Öl, 1 Portion	120	2	MV
Chili con carne, 1 Portion	445	21	F
Chinakohlsalat, Essig und Öl, 1 Portion	155	3	MV
Chinaröllchen, 1 Portion	224	12	F
Chinesische Fleischbällchen, 1 Portion	275	19	EF
Chinesische Hühnersuppe, 1 Teller	330	6	K
Chinesisches Rindfleisch, 1 Portion	390	27	EF
Chinesisches Schweinefleisch, süß-sauer, 1 Portion	432	12	FK
Ciabatta, mit Salami, 1 Stück, 150 g	369	19	FK
Ciabatta, mit Thunfisch, 1 Stück, 150 g	307	23	FK
Clubsandwich	935	65	K
Cordon bleu, 1 Portion, 150 g	315	11	EF
Couscous mit Ratatouille, 1 Portion	500	17	FK
Crêpes, 1 Portion, 200 g	440	18	FK
Crêpes Suzette, 1 Portion, 150 g	300	14	FK
Croissants, ohne Aufstrich, *McDonald's*, 2 Stück	425	25	FK
Croissan'wich, *Burger King*, 1 Stück	600	46	FK
Crostini, mit Tomaten, 1 Portion	570	13	K
Croque Monsieur	402	14	FK
Currysuppe mit Kokos, 1 Teller	260	19	F
Currywurst, 1 Stück	610	54	F

D

	kcal	Fett(g)	Nw
Dampfnudeln mit Vanillesoße, 1 Portion	770	20	FK
Dinkelauflauf mit Bohnen, 1 Portion	360	12	BF
Dinkel-Grünkern-Spätzle, 1 Portion	530	18	B
Döner Kebap, gefüllt mit Kalbfleisch und Rohkost	190	4,9	EK

D

	kcal	Fett(g)	Nw
Donuts, *McDonald's*, 1 Portion, i. D.	309	18	FK
Dorsch in Senfsoße, 1 Portion	74	2	E
Double Whopper, *BurgerKing*, 1 Stück	870	56	FK

E

	kcal	Fett(g)	Nw
Eclair mit Mokkasahne, 1 Stück	260	14	FK
Egg McMuffin, *McDonald's*, 1 Portion	415	22	F
Eichblattsalat mit Käsecroûtons, 1 Portion	150	7	BF
Eier im Glas, 2 Stück	168	12	F
Eier-Krabben-Salat, 1 Portion	240	14	EF
Eierpfannkuchen, 1 Stück	210	8	FK
Eiersalat, 1 Portion	450	28	F
Eierspätzle, 1 Portion	145	1	EK
Eierstich, 1 Portion	45	4	F
Eis mit heißer Preiselbeersauce, 1 Portion	270	8	FK
Eisbergsalat mit Essig und Öl, 1 Portion	120	4	MV
Eiskaffee, 200 ml	235	20	K
Elsässer Flammkuchen, 1 Stück	370	21	FK
Endiviensalat mit Essig und Öl, 1 Portion	120	4	MV
Englischer Kuchen, 1 Stück	310	18	FK
Entenbrustfilet mit Sauce, 1 Portion	570	19	EF
Entenbrust in Blätterteig, 1 Portion	680	41	EF
Entenbrust in Rotweinsauce, 1 Portion	430	30	EF
Entrecôtes, 1 Portion	640	52	F
Erbsen-Eier-Salat, 1 Portion	330	19	EF
Erbseneintopf, 1 Portion	620	31	BE
Erbsengemüse, 1 Portion	140	7	BF
Erbsensuppe mit Nudeln, 1 Portion	360	18	F
Erdbeerknödel, 1 Portion	520	23	FK
Erdbeerkuchen (Mürbeteig), 1 Stück	210	10	FK
Erdbeerkuchen (Rührteig), 1 Stück	240	13	FK
Erdbeer-Mandel-Törtchen, 1 Stück	450	27	FK
Erdbeer-Sahne-Schnitte, 1 Stück	264	20	FK

F

	kcal	Fett(g)	Nw
Farmersalat, 1 Portion	260	11	F
Feldsalat mit Essig und Öl, 1 Portion	95	3	MV
Feldsalat mit Nüssen, 1 Portion	220	21	F
Fenchel-Apfel-Salat, 1 Portion	120	3	BV
Fenchelgemüse, 1 Portion	100	3	MV
Fenchelgratin, 1 Portion	500	38	F
Fenchel, mariniert, 1 Portion	79	1	MV
Filetsteak mit Kartoffeln, 1 Portion	769	67	EF

Nw = *Nährwerte*, E = *viel Eiweiß – bevorzugt essen*, F = *viel Fett – vorsichtig essen*
K = *viele Kohlenhydrate – überlegt essen*, M = *viele Mineralstoffe – bevorzugt essen*
V = *viele Vitamine – bevorzugt essen*, B = *Ballaststoffe – gezielt essen*

F

	kcal	Fett(g)	Nw
Fischauflauf, 1 Portion	740	43	EF
Fischfilet, Kabeljau, paniert gebraten, 1 Portion	300	10	F
Fischfilet, Seelachs, paniert gebraten, 1 Portion	290	12	F
Fischfondue mit Meeresfrüchten, 1 Portion	745	57	F
Fischmäc, *McDonald's*, 1 Portion	382	20	FK
Fischsuppe, 1 Teller	201	9	F
Fish King, *Burger King*, 1 Stück	426	21	FK
Fish & Chips, 1 Portion	462	23	FK
Flädlesuppe, 1 Teller	99	6	F
Fleischbällchen in Zitronensauce, 1 Portion	520	23	EF
Fleischbrühe, 1 Teller	30	2	
Fleischkäse warm, 1 Portion	400	34	F
Fleischpflanzerl mit Meerrettich, 1 Portion	480	33	EF
Florentiner, 1 Stück	120	10	FK
Forelle blau mit Butter, 1 Stück, 250 g	570	15	EF
Forellencremesuppe, 1 Portion	220	13	EF
Forellenfilet mit Mandeln, 1 Portion	430	27	EF
Forellen in Weißwein, 1 Portion	650	30	EF
Frankfurter Kranz, 1 Stück	570	33	FK
French Dressing, *Burger King*	205	18	F

	kcal	Fett(g)	Nw
French Toast, 1 Portion	253	7	K
Frikadelle, gebraten, 1 Stück	400	29	EF
Friséesalat mit Radieschen (Saure-Sahne-Sauce), 1 Portion	230	16	BF
Frittaten, 1 Stück	240	21	F
Frittatensuppe, 1 Teller	99	6	F
Fruchtsalat mit Zabaione, 1 Portion	160	6	F
Früchtestrudel, 1 Stück	120	6	FK
Frühlingsrolle, 150 g	411	17	FK
Fusilli mit Spinat und Sahnesauce, 1 Portion	810	45	F

G

	kcal	Fett(g)	Nw
Gans mit Rotkohl und Klößchen, 1 Portion	1390	85	FK
Gazpacho, 1 Tasse	98	4	
Garnelen in Currysauce, 1 Portion	230	10	EF
Geflügelleberterrine, 1 Portion	310	18	F
Geflügelsalat mit Kiwis, 1 Portion	330	10	E
Gefüllte Weinblätter, 5 Stück	372	24	FK
Gemüseeintopf, 1 Teller	330	21	BF
Gemüse Mäc, *McDonald's*, 1 Portion	485	25	FK
Gemüse, mariniert, 1 Portion	220	16	FK
Gemüsepizza, 1 Portion	810	41	FK

G

	kcal	Fett(g)	Nw
Gemüsesalat mit Crème fraîche, 1 Portion	230	19	FV
Gemüsesuppe, 1 Teller	70	4	F
Gerstenkaffee, 1 Tasse	4	0	
Gewürzkuchen, 1 Stück	230	17	FK
Glasierte Möhren, 1 Portion	185	10	FV
Gnocchi mit Gemüse, 1 Portion	790	18	K
Goldbarsch mit Kräuterkruste, 1 Portion	380	16	EF
Gratinierte Muscheln, 1 Portion	380	18	EF
Griechischer Salat	313	23	MV
Grießsuppe mit Zuckermais, 1 Teller	360	16	F
Grillhähnchen, 1/2 Stück	260	20	EF
Grissini, 1 Stange	35	1	K
Grüne Bohnen in Olivenöl, 1 Portion	190	13	BF
Grünkernklöße, 1 Portion	460	24	FK
Grünkohlplatte, 1 Portion	357	27	F
Guglhupf, 1 Stück	360	22	FK
Gulasch, Rind-, 1 Portion	268	7	E
Gulaschsuppe, 1 Teller	128	6	F
Gurkensalat, mit saurer Sahne, 1 Portion	150	12	FV
Gurkensuppe mit Shrimps, 1 Portion	270	14	FV

H

	kcal	Fett(g)	Nw
Hackbraten mit Rotkohl, 1 Portion	670	47	EF
Hackfleischsoße, 1 Portion	326	16	FK
Hackklößchensuppe, 1 Portion	365	12	F
Hähnchenbrust in Senfpanade, 1 Portion	670	29	EF
Hähnchen, gegrillt, 1/2 Stück	260	20	EF
Hähnchen mit Sesam, 1 Portion	340	20	EF
Haifischsteaks mit Sherrysauce, 1 Portion	670	53	EF
Hamburger, *Burger King*, 1 Stück	330	15	FK
Hamburger, *McDonald's*, 1 Stück	254	8,8	FK
Hamburger Royal TS, *McDonald's*	561	34,2	FK
Hasenrücken, 1 Portion	400	26	EF
Hasenrückenfilets, 1 Stück	110	2	E
Hefeteilchen mit Guss, 1 Stück	90	6	FK
Heidelbeer-Pie, 1 Stück	400	20	FK
Heilbutt, gegrillt, 1 Portion	320	10	EF
Heilbuttpfanne, 1 Portion	310	13	EF
Heringssalat mit Kartoffeln, 1 Portion	480	24	F
Himbeercreme, 1 Portion	400	23	FK

Nw = *Nährwerte*, **E** = *viel Eiweiß – bevorzugt essen*, **F** = *viel Fett – vorsichtig essen*
K = *viele Kohlenhydrate – überlegt essen*, **M** = *viele Mineralstoffe – bevorzugt essen*
V = *viele Vitamine – bevorzugt essen*, **B** = *Ballaststoffe – gezielt essen*

H

	kcal	Fett(g)	Nw
Himbeeren auf Biskuit, 1 Stück	160	7	FK
Himbeer-Sahnetorte, 1 Stück	300	14	FK
Hirschgulasch mit Pilzen, 1 Portion	600	34	EF
Hirschsteak, mariniert, 1 Portion	105	1	E
Hirsenudeln mit Kräutern, 1 Portion	275	6	E
Hirserahmsuppe, 1 Teller	290	20	FK
Hirtensalat, 1 Portion	180	14	F
Hühnerfrikassee, 1 Portion	366	19	F
Hühner-Reis-Salat, 1 Portion	550	27	EF
Hummerkrabben, 1 Portion	210	10	EF

I/J

	kcal	Fett(g)	Nw
Indischer Salat mit Reis und Hühnerfleisch, 1 Portion	260	8	EF
Irish Coffee, 200 ml	270	8	
Jägerschnitzel, 1 Portion	475	17	F
Joghurttorte, 1 Stück	280	16	FK

K

	kcal	Fett(g)	Nw
Kabeljau in Weinsauce, 1 Portion	290	9	E
Käsebrot, 80 g	280	14	FK
Käsekuchen, 1 Stück	450	28	FK
Käsenudeln, 1 Portion	460	17	FK
Käsesahnetorte, 1 Stück	310	17	FK
Kaffee mit Kondensmilch, 1 Tasse	18	2	F
Kaffee mit Kondensmilch und 2 Stück Zucker, 1 Tasse	42	2	FK
Kaffee mit 1 EL Milch und 1 TL Zucker, 1 Tasse	36	0,5	K
Kaiserschmarrn, 1 Portion	480	11	K
Kaisersemmel, 1 Stück	110	1	K
Kalbfleisch, geschmort, 1 Portion	360	23	EF
Kalbsgeschnetzeltes, 1 Portion	480	18	F
Kalbshaxe, gebraten, 1 Portion	430	15	EF
Kalbsleber, Berliner Art, 1 Portion	250	8	EF
Kalbsrollbraten, 1 Portion	500	46	EF
Kalbsschnitzel, natur, fritiert, 1 Stück, 125 g	160	7	EF
Kalbsschnitzel, natur, gebraten, 1 Stück, 125 g	250	11	EF
Kalbsschnitzel, paniert, fritiert, 1 Stück, 125 g	450	20	EF
Kalbsschnitzel, paniert, gebraten, 1 Stück, 125 g	480	21	EF
Kalbssteak, 1 Stück, 125 g	230	9	EF
Kalbszunge in Kapernsoße, 1 Portion	410	28	F
Käse-Makkaroni-Auflauf, 1 Portion	568	26	FK
Käse-Spätzle, 1 Portion	897	55	FK
Kaninchenkeule, 1 Portion	480	23	EF

K

	kcal	Fett(g)	Nw
Karotten, Beilage, 1 Portion	150	1	MV
Karpfen blau mit Butter, 1 Portion	480	24	EF
Karpfen, gebacken, 1 Portion	600	21	EF
Kartoffelbrei, hausgemacht, 1 Portion	150	3	K
Kartoffel in Folie, 1 Stück, 200 g	138	0,2	MV
Kartoffelgratin mit Käse, 1 Portion	709	57	FK
Kartoffelkroketten, hausgemacht, 1 Portion	214	10	F
Kartoffelplätzchen, 1 Portion	240	6	K
Kartoffelsalat mit Öl, 1 Portion	260	13	F
Kartoffelsuppe mit Wurst, 1 Teller	360	19	F
Kasseler Rippenspeer mit Sauerkraut, 1 Portion	560	24	F
King Nuggets, *Burger King*, 6er	199	9	FK
King Pommes, *Burger King*	347	18	FK
King Sundae, *Burger King*	221	55	FK
King Wings, *Burger King*	253	17	FK
Kirschenmichel, 1 Portion	640	15	K
Kirschkuchen mit Mandeln, 1 Stück	380	18	FK
Kirschtasche, *McDonald's*, 1 Stück	241	13	FK
Knoblauch-Grissini, 1 Stück	50	2	K
Knoblauchbrot, 1 Stück	299	17	K
Königsberger Klopse mit Soße, 1 Portion	710	57	EF
Königskuchen, 1 Stück	330	21	FK
Kopenhagener Schnecken, 1 Stück	330	17	FK
Kopfsalat mit Joghurt, 1 Portion	60	1	MV
Kopfsalat mit Öl, 1 Portion	100	4	MV
Krabbenbrötchen	275	14	K
Krabbensalat, 1 Portion	240	9	EF
Kraftbrühe mit Markklößchen, 1 Teller	240	9	EF
Krautsalat, 1 Portion	93	3	FV
Krautwickel, 1 Portion	380	24	F

L

	kcal	Fett(g)	Nw
Lachsforelle im Salzmantel, 1 Portion	260	7	EF
Lachs mit Spargel, 1 Portion	620	45	EF
Lammbraten, 1 Portion	600	36	EF
Lammhack mit Joghurt, 1 Portion	500	32	EF
Lammkeule, 1 Portion	640	48	EF
Lammkoteletts, mariniert, 1 Portion	1100	100	EF
Lasagne Bolognese, 1 Portion	480	10	FK

Nw = *Nährwerte*, **E** = *viel Eiweiß – bevorzugt essen*, **F** = *viel Fett – vorsichtig essen*
K = *viele Kohlenhydrate – überlegt essen*, **M** = *viele Mineralstoffe – bevorzugt essen*
V = *viele Vitamine – bevorzugt essen*, **B** = *Ballaststoffe – gezielt essen*

L

	kcal	Fett(g)	Nw
Leberkäse, warm, 1 Portion	400	34	F
Leberknödelsuppe, 1 Teller	150	10	F
Leberwurst (zum Heißmachen), 1 Ring	950	89	F
Lebkuchenherzen, 1 Stück	62	2	FK
Leipziger Allerlei, 1 Portion	200	3	BV
Linseneintopf mit Wurst, 1 Teller	200	8	F
Linsensalat, 1 Portion	330	13	BF
Linzer Torte, 1 Stück	450	25	FK
Liptauer Käsebrot, 1 Portion	495	29	F
Löwenzahnsalat mit Schafskäse, 1 Portion	310	27	F

M

	kcal	Fett(g)	Nw
Marillenknödel mit Semmelbrösel, 1 Portion	620	17	K
Marinierte Fischfilets, 1 Portion	290	15	EF
Marmorkuchen, 1 Stück	290	13	FK
Mascarpone-Creme, 1 Portion	400	35	F
Matjesfilet, »Hausfrauenart«, 1 Portion	600	40	EF
McBaguette, *McDonald's*, 1 Portion	380	15	FK
McChicken, *McDonald's*, 1 Portion	459	23,1	FK
McCroissant, *McDonald's*, 1 Portion	307	18,3	FK
McFlurry, *McDonald's*, 1 Portion	324	11	FK
McRib, *McDonald's*, 1 Portion	476	21	FK
Meeresfrüchtesalat, 1 Portion	350	22	EF
Milchkakao, 1 Tasse	260	12	FK
Milchreis mit Nougat, 1 Portion	350	10	K
Milchshake, Vanille, 0,3 l	389	10	FK
Milchshake, Vanille, *McDonald's*, 1 Portion	293	7,6	FK
Milchshake, Vanille, *Burger King*, 1 Portion	396	10	FK
Minestrone, Mailänder Art, 1 Teller	570	27	BF
Mohn-Nudeln, 1 Portion	800	40	FK
Mohn-Quarkkuchen, 1 Stück	450	25	FK
Mokka-Mandeltorte, 1 Stück	360	25	FK
Moussaka, 1 Portion	1500	110	EF
Mousse au chocolat, 1 Portion	240	14	FK
Mozzarella mit Tomaten, 1 Portion	300	23	EF
Muffin, 1 Stück	160	6	FK

N

	kcal	Fett(g)	Nw
Nasi Goreng, 1 Portion	470	25	F
Neapolitanische Pizza, 1 Stück	450	22	FK

N

	kcal	Fett(g)	Nw
Nieren in Sahnesauce, 1 Portion	360	26	EF
Nockerl mit Gorgonzola, 1 Portion	860	52	FK
Nudelauflauf mit Hack, 1 Portion	793	40	K
Nudeln, Beilage, 1 Portion	195	0,5	K
Nudeln mit Käsesauce, 1 Portion	500	14	F
Nudelsalat mit Gemüse, 1 Portion	540	34	BF
Nudelsalat mit Mayonnaise, 1 Portion	570	39	F
Nudelsalat mit Vinaigrette, 1 Portion	200	5	K
Nussecken, 1 Stück	290	17	FK
Nusshörnchen, 1 Stück	230	8	FK
Nusstorte, 1 Stück	500	39	K

O

	kcal	Fett(g)	Nw
Obstkuchen (Biskuitteig), 1 Stück	160	7	FK
Obstkuchen (Hefeteig), 1 Stück	240	13	FK
Obstkuchen (Mürbeteig), 1 Stück	450	18	FK
Obstkuchen (Rührteig), 1 Stück	260	11	FK
Obstsahnetorte, 1 Stück	360	16	FK
Obstsalat, 1 Portion	150	2	V
Ochsenauge, 1 Stück	120	2	K
Ofenkartoffel, mit Butter, 1 Portion	640	39	BF
Omelette mit Schinken	440	33	F
Omelette von 1 Ei	120	10	F
Omelette von 2 Eiern, mit Spargel	240	20	F
Onion Rings, *Burger King*, 1 Portion	310	14	FK
Orangensaft, *McDonald's*, 0,25 l	102	0,1	
Orangen-Sellerie-Salat, 1 Portion	240	13	MV
Osso buco, 1 Portion	539	14	K

P

	kcal	Fett(g)	Nw
Paella, 1 Portion	580	25	F
Palatschinken, gefüllt, 1 Stück	570	19	FK
Panna cotta, 1 Portion	450	32	FK
Papardelle mit Lachs, 1 Portion	460	10	FK
Paprikaschnitzel, 1 Portion	360	20	FK
Paprikaschote, gefüllt, 1 Portion mit Sauce	620	28	F
Peking-Ente, 1 Portion	790	57	FK
Penne mit Tomaten, 1 Portion	590	17	FK
Pfannkuchen, 200 g	150	5	FK
Pflaumenkuchen, 1 Stück	190	6	FK
Pilz-Carpaccio, 1 Portion	120	9	F
Pilzrahmsuppe, 1 Teller	160	10	F
Pizza, hausgemacht, 1 Portion	650	34	FK

Nw = *Nährwerte,* **E** = *viel Eiweiß – bevorzugt essen,* **F** = *viel Fett – vorsichtig essen*
K = *viele Kohlenhydrate – überlegt essen,* **M** = *viele Mineralstoffe – bevorzugt essen*
V = *viele Vitamine – bevorzugt essen,* **B** = *Ballaststoffe – gezielt essen*

P

	kcal	Fett(g)	Nw
Plunderhörnchen, gefüllt, 1 Stück	290	17	FK
Pommes frites, 1 Portion	330	16	FK
Pommes frites, *McDonald's*, 1 Portion	321	17	FK
Porridge, 1 Portion	400	8	FK
Premium Salat, *Burger King*, 1 Portion	106	6	FK
Prinzregententorte, 1 Stück	395	25	FK
Puffbohnensalat, 1 Portion	290	16	BE
Putenbrust mit Soße, 1 Portion	380	13	EF
Putengeschnetzeltes, 1 Portion	400	8	E
Putenschnitzel, gefüllt, 1 Portion	310	17	EF

Q

	kcal	Fett(g)	Nw
Quark-Kirschkuchen, 1 Stück	480	22	FK
Quarknockerl mit Kompott, 1 Portion	270	5	K
Quiche Lorraine, 1 Stück	360	28	FK

R

	kcal	Fett(g)	Nw
Radicchiosalat, 1 Portion	110	5	FV
Ratatouille, 1 Portion	260	12	F
Ravioli mit Spinat und Ricotta, 1 Portion	760	35	F
Ravioli mit Tomatensoße, 1 Portion	508	28	FK
Rebhuhnbrust in Sauce, 1 Portion	600	31	EF
Regular French Fries, gesalzen, *Burger King*, 1 Portion	400	21	FK
Rehgeschnetzeltes, 1 Portion	230	10	EF
Rehleberparfait, 1 Portion	330	28	F
Rehrücken (Kuchen), 1 Stück	330	21	FK
Reibekuchen, 1 Stück	150	5	F
Reissalat mit Hähnchen, 1 Portion	330	5	E
Rhabarberkuchen (Mürbeteig), 1 Stück	290	12	FK
Riesengarnelen mit Currysauce, 1 Portion	305	21	EF
Rinderfilet in Kräuterkruste, 1 Portion	810	68	EF
Rindersaftgulasch, 1 Portion	420	20	F
Rinderschmorbraten, 1 Portion	670	48	EF
Rindfleischcurry, 1 Portion	310	14	EF
Rindfleischsuppe mit Croutons, 1 Teller	70	2	FK
Rindsroulade in Sauce, 1 Portion	220	8	EF
Risotto, 1 Portion	454	22	FK
Risotto mit Fleisch und Gemüse, 1 Portion	500	17	FK
Roastbeef mit Kräutersauce, 1 Portion	380	27	EF
Rosinenschnecke, 65 g	180	4	K
Rostbratwürstchen mit Sauerkraut, 1 Portion	370	28	FV
Rotbarschfilet mit Sauce, 1 Portion	570	40	EF

R

	kcal	Fett(g)	Nw
Rote-Bete-Salat mit Essig, 1 Portion	30	0	B
Rote Grütze mit Vanillesauce, 1 Portion	290	8	FK
Rot-weißer Krautsalat mit Öl, 1 Portion	395	36	FM
Rüeblitorte, 1 Stück	430	20	FK
Rumpsteak, 1 Portion	530	34	EF

S

	kcal	Fett(g)	Nw
Sachertorte, 1 Stück	430	25	FK
Saiblinge mit Butter, 1 Portion	800	40	EF
Salat niçoise, 1 Portion	190	17	F
Salzkartoffeln, 1 Portion	140	0,2	MV
Sardellen, mariniert, 1 Portion	200	15	EF
Sauce vinaigrette, 1 Portion	230	25	F
Schaschlik, 1 Spieß	320	12	F
Schellfisch in Senfsauce, 1 Portion	480	22	EF
Schillerlocke, Gebäck, gefüllt, 1 Stück	260	20	FK
Schinkenbrot, 1 Stück	210	11	F
Schmarren mit Kirschkompott, 1 Portion	450	14	FK
Schnecken mit Butter, 1 Portion	245	22	F
Schokoladengetränk, 1 Tasse	260	12	FK
Schokoladentorte, 1 Stück	480	33	FK
Scholle mit Basilikum-Dip, 1 Portion	600	26	EF
Schwarzwälder Kirschtorte, 1 Stück	580	35	FK
Schweinebraten mit Biersauce, 1 Portion	710	48	EF
Schweinebraten mit Kruste, 1 Portion	760	62	EF
Schweinefilet, Schweizer Art, 1 Portion	810	66	EF
Schweinegulasch, 1 Portion	750	32	F
Schweinekotelett, natur, 1 Portion, 125 g	440	21	F
Schweinekotelett, paniert, 1 Portion, 125 g	580	28	F
Schweinelende in Sauce, 1 Portion	570	41	EF
Schweineschnitzel, natur, gebraten, 1 Portion, 125 g	330	16	F
Schweineschnitzel, paniert, gebraten, 1 Portion, 125 g	590	29	F
Schweinshaxe, bayerisch, 1 Portion	600	49	EF
Seelachssuppe, 1 Teller	290	8	EF
Seezunge in Safransauce, 1 Portion	290	13	EF
Selleriesalat mit Nusssauce, 1 Portion	260	15	BF
Semmelknödel mit Egerlingen, 1 Portion	620	36	FK
Shrimpscocktail, 1 Portion	260	12	EF

Nw = Nährwerte, E = viel Eiweiß – bevorzugt essen, F = viel Fett – vorsichtig essen
K = viele Kohlenhydrate – überlegt essen, M = viele Mineralstoffe – bevorzugt essen
V = viele Vitamine – bevorzugt essen, B = Ballaststoffe – gezielt essen

S

	kcal	Fett(g)	Nw
Shrimps mit Curry, 1 Portion	260	6	E
Spätzle mit Gemüse, 1 Portion	450	16	BF
Spaghetti alla carbonara, 1 Portion	635	30	FK
Spaghetti Bolognese, 1 Portion	550	16	FK
Spaghetti mit Tomatensoße, 1 Portion	450	9	FK
Spare Ribs, 1 Portion	785	56	EF
Spargelquiche, 1 Stück	810	51	FK
Spinat-Quark-Torte, 1 Stück	540	21	FK
Spirelli mit Gemüse, 1 Portion	430	8	BF
Spitzbuben, 1 Stück	74	4	FK
Springerle, 1 Stück	95	2	FK
Spritzkuchen, 1 Stück	260	13	FK
Steaks in Rotweinsauce, 1 Portion	670	53	EF
Steinbuttfilet in Sahne, 1 Portion	380	25	EF
Streuselkuchen, 1 Stück	330	13	FK
Sundae Eis mit Waffel, *McDonald's*	153	3,4	FK
Sundae Eis m. Soße, *McDonald's*, 1 Portion, i. D.	279	8,4	FK
Surhaxe mit Sauerkraut, 1 Portion	1500	120	F
Sushi, Maki-Roll, i. D.	188	4	
Sushi, Nigiri, i. D.	284	11	

T

	kcal	Fett(g)	Nw
Tagliatelle mit Scampi und Sahnesauce, 1 Portion	873	40	FK
Tee mit Kandis, 1 Tasse	20	0	K
Tee mit 1 EL Milch, 1 Tasse	10	0,3	M
Tee mit 1 TL Zitrone, 1 Tasse	2	0	M
Tee mit 1 TL Zucker, 1 Tasse	26	0	K
Teigwaren, Beilage (= 60 g roh), 1 Portion	220	0,6	K
Teigwaren, Hauptgericht (= 100 g roh), 1 Portion	390	3	K
Thunfischsalat, 1 Portion	313	26	EF
Thunfischsteaks, 1 Portion	550	34	EF
Tintenfisch, fritiert, mit Remoulade, 1 Portion	616	45	EF
Tintenfischsalat, 1 Portion	110	1	E
Tiramisu, 1 Portion	400	18	FK
Toast Hawai, 150 g	480	29	FK
Tofugratin mit Gemüse, 1 Portion	360	26	EF
Tomaten-Salat, 1 Portion	67	4	F
Tomatensuppe mit Nudeln, 1 Teller	400	20	F
Topfenstrudel, 1 Portion	360	17	FK
Torteletts mit Johannisbeeren, 1 Stück	400	23	FK
Tortellini mit Pilzsauce, 1 Portion	450	25	F
Tortilla mit Dip, 1 Portion	175	11	F
Trinkschokolade, 1 Tasse	260	12	F
Tzatziki, 1 Portion	95	2	F

V

	kcal	Fett(g)	Nw
Vanillecreme, 1 Portion	190	10	FK
Vanillekipferl, 1 Stück	55	3	FK
Vier-Jahreszeiten-Salat, 1 Portion	160	6	F
Vinaigrette, 1 Portion	230	25	F
Vollkornnudelsalat, 1 Portion	480	18	B
Vollkornpizza, 1 Stück	240	15	F

W

	kcal	Fett(g)	Nw
Waldorfsalat, 1 Portion	140	10	FK
Walnusstorte, 1 Stück	480	33	FK
Weihnachtsgans mit Klößen, 1 Portion	845	28	EF
Weinbergschnecken mit Butter, 1 Portion	245	22	F
Weincreme, 1 Portion	300	16	FK
Weißkrautsalat, 1 Portion	93	3	BF
Weißwürste, 2 Stück	365	16	F
Whopper, *Burger King*, 1 Stück	624	35	FK
Whopper mit Käse, *Burger King*, 1 Stück	710	42	FK
Whopper junior, *Burger King*, 1 Stück	374	21	FK
Wiener Schnitzel (Kalb), 1 Portion, 125 g	450	20	EF
Wildkaninchenkeulen, 1 Portion	500	33	EF
Wildragout mit Sahnesauce, 1 Portion	670	31	EF
Wildschweinrücken, geschmort, 1 Portion	450	15	EF
Windbeutel, 1 Stück	70	5	FK
Wirsinggemüse, 1 Portion	180	13	BF
Wirsingsalat, 1 Portion	110	5	BF
Wurstsalat, 1 Portion	278	22	EF

Z

	kcal	Fett(g)	Nw
Zabaione, 1 Portion	360	9	FK
Zimtstern, 1 Stück	50	3	FK
Zitronentorte, 1 Stück	480	26	FK
Zucchinigemüse, 1 Portion	190	6	B
Zucchinisalat mit Öl, 1 Portion	100	8	F
Züricher Kalbsgeschnetzeltes, 1 Portion	480	18	F
Zwetschgenknödel, 1 Portion	515	8	K
Zwiebelkuchen, 150 g	365	27	FK
Zwiebelsuppe, Französische, 1 Teller	200	7	
Zwiebeltoast, 1 Stück	480	34	FK

Nw = *Nährwerte,* **E** = *viel Eiweiß – bevorzugt essen,* **F** = *viel Fett – vorsichtig essen*
K = *viele Kohlenhydrate – überlegt essen,* **M** = *viele Mineralstoffe – bevorzugt essen*
V = *viele Vitamine – bevorzugt essen,* **B** = *Ballaststoffe – gezielt essen*

Bücher, die weiterhelfen

Bromm, Dr. Silke: GU Kompass Low Fat
Carlsson, Sonja: GU Kompass Trennkost
Elmadfa, Prof. Dr. I., W. Aign, Prof. Dr. E. Muskat, D. Fritzsche: Die große GU Nährwert-Kalorien-Tabelle
Grillparzer, Marion: Fatburner
Knophius, Heike: GU Kompass Fatburner
Kraske, Dr. med. Eva-Maria: Säure-Basen-Balance
Lützner, Dr. med. H.: Wie neugeboren durch Fasten
Sesterhenn-Gebauer, Birgit: Entschlacken 1x pro Woche
Alle Bücher aus dem Gräfe und Unzer Verlag, München

Aktualisierte Neuausgabe

Bearbeitung: Katrin Klever-Schubert, Laura Schubert
Redaktionsleitung: Doris Birk
Redaktion: Silvia Herzog
Lektorat: Tina Wiedemann
Fotos: Studio Schmitz: Umschlag Vorder- und Rückseite
Gestaltung: independent Medien-Design
Produktion: Helmut Giersberg
Satz: Filmsatz Schröter GmbH, München
Druck und Bindung: Ludwig Auer GmbH, Donauwörth
ISBN 3-7742-5578-4

Auflage	5.	4.	3.	2.
Jahr	2006	05	04	03

GRÄFE UND UNZER

Ein Unternehmen der
GANSKE VERLAGSGRUPPE